CRONICANDO
NAS ENTRELINHAS

MARCELO
CHAIM
CHOHFI

CRONICANDO **NAS ENTRELINHAS**

MARCELO CHAIM CHOHFI

LACIER

LACIER

Lacier Livraria e Editora

www.livrarialacier.com.br

Rua Doutor Quirino, 808 – Centro
CEP 13015-081 – Campinas, SP – Brasil

Maio, 2023.

Diretor: *Lacier José de Rezende*
Diretor assistente: *Eduardo Soares Aureliano*
Projeto de capa: *Alice Corbett*
Projeto gráfico e editoração eletrônica: *Alice Corbett*
Foto da capa: *rawpixel.com*

Ficha Catalográfica

Dados Internacionais de Catalogação na Publicação (CIP)
(Câmara Brasileira do Livro, SP, Brasil)

Chohfi, Marcelo Chaim
Cronicando nas entrelinhas / Marcelo Chaim Chohfi.
-- Campinas, SP : Lacier Editora, 2023.

ISBN 978-65-88805-56-5

1. Crônicas brasileiras I. Título.

23-152760 CDD-B869.8

Índices para catálogo sistemático:
1. Crônicas : Literatura brasileira B869.8
Eliane de Freitas Leite – Bibliotecária – CRB 8/8415

Dedicar uma obra é, na essência, um exercício de agradecimento às pessoas importantes que cruzaram a nossa existência.

José Maria e Nancy, meus pais, Adriano e Thiago, meus irmãos, Isabela, minha filha, à vocês, meu eterno amor.

À minha sobrinha e afilhada Mariana e, também às minhas sobrinhas Júlias (que são duas), meninas lindas e abençoadas, vocês são o motivo de nossa crescente felicidade.

À Dani e ao Murilo, vocês habitam um lugar muito especial no meu coração.

Ao meu parceiro e irmão Pedro Renato Lúcio Marcelino, a quem não canso de renovar minha admiração e gratidão.

NOTA DO AUTOR

Num mundo de caixinhas organizadas e de separação estanque dos estereótipos sociais, o senso comum tenta impor que "cada macaco fique no seu galho".

Nesta linha, escrever crônicas, para quem foi forjado no fogo do Direito, não foi sequer objeto de cogitação na minha mente, ao menos em boa parte dos anos iniciais de profissão.

O foco era galgar uma vida jurídica profícua e de progressão paulatina, com novos e mais elevados patamares de formação acadêmica, dedicação à docência, além da autoria de livros e artigos jurídicos, tudo de forma paralela com a advocacia (que durou uma década) e, depois, com a magistratura sequencial (que, até hoje, já atingiu uma década e meia).

O paradigma jurídico-dogmático, porém, foi se quebrando aos poucos, na mesma proporção com que adquiri maior maturidade para olhar os fatos da vida cotidiana.

Percebi, talvez um pouco tarde (melhor assim do que nunca), que nada é obra do acaso e que a vida está recheada de ensinamentos e mensagens simbólicas, que sempre estiveram disponíveis, ao menos aos olhos dos que assim se dispuserem a enxergá-la.

Esclareço que esta minha espécie de miopia, que tem potencial de turvar a percepção do real sentido cósmico da vida (refiro-me aqui à noção de cosmos, em oposição ao conceito de caos), ainda está em tratamento homeopático e, sem dúvida, demanda constante evolução.

A notícia boa é que, nesta terapia da minha própria alma, sempre contei com a contribuição de valorosos amigos e verdadeiros irmãos, paradigmas de conhecimento e de bondade.

Estes, com a empatia, solidariedade e fraternidade que todos mereceriam receber um dia, conduziram-me para leituras e discussões filosóficas, metafísicas, teosóficas, esotéricas, herméticas, dentre outras que tais, que vêm abrindo meus olhos para uma melhor e mais apurada exploração reflexiva sobre a razão de tudo que nos ocorre nesta pequena passagem de vida material.

Não se trata, em absoluto, de tentar descobrir ou revelar verdades absolutas, pois isso seria muita pretensão para quem mais se assemelha a um escriba curioso, especulador dos porquês do comportamento humano, em todos os planos da existência (físico, emocional, mental, espiritual, etc.).

A intenção, de forma bem mais simples, é a de compartilhar histórias da atualidade (fictícias, apesar de boas e más línguas afirmarem o contrário, por conta delas, é claro!), que, ao fim e ao cabo, refletem os mesmos dilemas e problemas enfrentados na sociedade, desde a antiguidade mais remota.

Teorias de grandes pensadores e pensamentos de autores clássicos, que são mencionados nas crônicas desta pequena obra, parecem profecias de um passado (menos ou mais distante, não importa), que se renovam e concretizam, ao nosso redor, até os dias de hoje. Parecem peças teatrais antigas, encenadas agora em novos palcos, com outros atores e com figurino modernizado, mas, sem alteração da essência do enredo.

Trocando em miúdos, aventurei-me, desde uns três livros pretéritos, a "cronicar" a partir de histórias me despertaram inquietação na alma e forçaram-me a reflexões pessoais de diversas ordens. Em cada uma das crônicas, esforcei-me para tentar interpretar a vida – nas entrelinhas da mera aparência superficial – socorrendo-me, sempre que possível, das já citadas leituras conhecidas e do pensamento revelado por grandes mestres da história.

Convido a todos que viagem comigo nestas singelas crônicas, de preferência com a lupa dos que não se contentam com dogmas ideológicos e com outros paradigmas estagnantes.

Que a visão mais sutil da vida – nas entrelinhas – sirva-nos de constante aprendizado e crescimento espiritual.

Fraternal abraço.

O Autor.

PREFÁCIO

Caro leitor,

É com alegria e inexprimível honra, que escrevo este prefácio para este maravilhoso livro de crônicas do amigo irmão **MARCELO CHAIM CHOHFI,** um verdadeiro "**Storytelling**".

Como admirador do seu trabalho, fiquei imensamente exultante, para ser sincero até um pouquinho envaidecido com o convite do **Marcelo Chaim Chohfi**, pois não existe nada mais prazeroso do que contribuir com a obra de quem somos fã.

Leitor, prepare-se para entrar em um universo onde a ironia e o deboche inteligente são as armas preferidas do autor.

Este livro de crônicas e contos é um mergulho profundo na mente de um storytelling que não tem medo de expor sua visão de mundo, muitas vezes controversa e até certo ponto incômoda. **Marcelo Chaim Chohfi** consegue mexer com a nossa imaginação.

Ao longo das páginas desse delicioso livro, você encontrará crônicas que vão desde as mais absurdas até as mais enternecedoras, todas com um toque de humor inteligente, porém com alguma mensagem muito séria em suas entrelinhas.

Algumas certamente farão você rir, outras pensar muito, até se indignar, contudo o farão meditar demais. Não se preocupe, o autor não tem a intenção de ofender ninguém, pelo contrário, ele utiliza o sarcasmo e a ironia como ferramentas para provocar reflexões e estimular o senso crítico. Em "Tragédias e amoras vermelhas" (maravilhosa) todas estas emoções são presentes em nossa mente ao longo da hábil narrativa de Marcelo.

Por isso, é com muita convicção que recomendo esta obra a todos aqueles que buscam uma leitura de qualidade em um mergulho profundo na alma humana.

Com toda sinceridade, em algumas crônicas relembrei Stanislaw Ponte Preta (Sérgio Porto) e em outras Humberto de Campos, eu viajei no tempo. Este livro de **Marcelo Chaim Chohfi**, sem dúvida alguma se tornará um clássico.

Se você está preparado para uma leitura que vai desafiar seus conceitos e despertar suas emoções, então este livro é para você. Entre, acomode-se e prepare-se para ser surpreendido.

José Pellegrino Neto

NOTA DO PREFACIADOR

SOBRE O ESTILO DAS CRÔNICAS DE MARCELO CHAIM CHOHFI

O estilo das crônicas de Marcelo Chaim Chohfi, em minha modesta opinião é um amálgama dos estilos de Sérgio Porto e Humberto de Campos, ambos renomados cronistas brasileiros, quiçá os dois melhores, possuidores de estilos distintos de escrever. Marcelo às vezes me faz viajar até as crônicas do primeiro, às vezes ao do segundo.

Sérgio Porto, também conhecido pelo pseudônimo de "Stanislaw Ponte Preta", foi um escritor, humorista e jornalista brasileiro famoso por suas crônicas bem-humoradas e satíricas (um traço sempre presente nas crônicas de Marcelo).

Suas crônicas costumavam abordar temas cotidianos e políticos com ironia e sarcasmo. Seu estilo de escrita era leve e descontraído, utilizando de muitas gírias e expressões populares.

Já Humberto de Campos foi um escritor, jornalista e político brasileiro, conhecido por suas crônicas mais sérias e profundas. Seu estilo de escrita era mais formal, utilizando-se de um vocabulário mais amplo e sofisticado (essa finesse está muito presente nas crônicas de Marcelo).

Suas crônicas costumavam abordar temas filosóficos e existenciais, além de reflexões sobre a vida e a morte.

Enquanto Sérgio Porto utilizava-se de uma linguagem coloquial e uma abordagem bem-humorada em suas crônicas, Humberto de Campos por sua vez utilizava-se de uma linguagem mais formal e reflexiva em suas obras.

Ambos os escritores são considerados importantes representantes da crônica brasileira e contribuíram para o desenvolvimento desse gênero literário no país.

Penso que aquele que como eu, admira e gosta do estilo dos dois, certamente ficará apaixonado pelas crônicas de Marcelo Chaim Chohfi.

José Pellegrino Neto

SUMÁRIO

AQUI SE FAZ, AQUI SE APRENDE!

Dizem que aconteceu numa grande cidade do interior do Estado. Era uma daquelas que, os que vêm de fora, sentem-se na capital (talvez por acreditarem ser uma espécie de capital do interior, vai saber). Provavelmente pelo *status* de metrópole regional, havia, ali, focos específicos onde se proliferavam pessoas metidas à besta, que "educavam" seus rebentos segundo esta mesma filosofia torta de vida.

Se é de pequeno que se torce o pepino, também é nesta fase que se consegue estragar a personalidade dos futuros cidadãos. E, se filho de peixe, peixinho é, a linhagem dos metidos à besta não foge à regra. A expectativa destes pais pode até ser a melhor possível, qual seja, a de tornar seus filhos pessoas bem formadas e com acesso aos melhores recursos que o dinheiro pode comprar. A realidade, no entanto, é que eles se tornam indivíduos mimados, arrogantes, mesquinhos, individualistas e que se acham "a última bolacha do pacote". A culpa deve ser do professor de português, que ensinou a conjugação do verbo "ter", mas se esqueceu da lição sobre o verbo "ser".

Na melhor escola da região, nos idos dos anos setenta e oitenta, os *boyzinhos* e patricinhas se organizavam em castas e verdadeiras gangues infanto-juvenis, voltadas à ostentação, ao *bullying* e a outros que tais de bestialidade e maldade.

Como a generalização é sempre injusta, é bom que se diga que muitos daqueles alunos – também abastados em bens e recursos materiais – foram dignos de receber a medalha "flor de lótus branca". Estes não se contaminaram com o vírus da soberba elitista, que por lá circulava aos borbotões. Floresceram, mesmo naquele ambiente deturpado, com suas pétalas alvas e limpas, exalando pura humanidade. Provavelmente receberam, desde a mais tenra idade, dieta à base de empatia, respeito e altruísmo.

Não obstante, os jovens desviados daquela nobre casa de ensino tinham alguns vícios bem peculiares. Para se ter uma ideia, chamavam a todos pelo nome "de família", acrescido do epíteto da linhagem social ou patrimonial que os diferenciava. Era a "Fulana, filha do dono da indústria tal", ou o "Sicrano, filho da juíza da cidade". Para os demais "mortais", a tentativa de desdém começava pela supressão do nome (tinha, por exemplo, "o filho da monitora", "a filha da professora" e "o tiozinho da faxina"). É claro que o demérito nunca esteve na profissão da monitora, da professora, ou do faxineiro. Estava na cabeça de quem pretendia fazer, por praxe e *hobbie,* o sectarismo segundo critérios de saldo bancário, bens ou *status* social. Culpa das mães "Donas Florindas", que deviam dizer aos seus filhos "Kikos", a famosa frase (ouvida nos episódios da turma do Chaves): "Vamos, tesouro! Não se misture com esta gentalha!"

O mercado de consumo globalizado não era uma realidade naquela época. Os poucos que podiam, importavam ou traziam roupas e tênis "de marca" dos Estados Unidos. Quem não podia, usava os populares nacionais, ou se contentava com os produtos paralelos do Paraguai, comprados de sacoleiros que faziam o conhecido bate-e-volta, de ônibus, até o paraíso dos produtos falsificados. Aliás, estas viagens (cansativas) eram uma das formas usuais, que vários trabalhadores encontravam para complementar ou garantir sua renda (tal como o Uber, para outros tantos, é hoje).

O papo na sala de aula, como regra, era o tênis novo da marca tal (último lançamento) que o bam-bam-bam da turma estava usando; ou a calça importada de grife que a garota popular ostentava no corpo. O mote da conversa somente mudava quando a menina, menos abastada, chegava na sala de calçado "bamba". Era a deixa para a galera do mal tirar todo o sarro possível, às escâncaras, até atingirem o sádico prazer de ver a humilhação, o sofrimento e o constrangimento público da vítima da vez. Se a calça do uniforme ou do agasalho tivesse aqueles remendos de couro nos joelhos ou cotovelos, o povo já dizia que o menino era um coitado, "pé rapado", que não tinha dinheiro sequer para comprar uma roupa nova (o que não deixava de ser verdade). Quem não estava na escala do dia para a prática direta do *bullying*, contracenava fazendo coro nas gargalhadas maldosas. Poucos se abstinham de participar.

Se na rua era possível (e comum) participar da pelada com kichute, o mesmo não podia ocorrer no jogo de bola na aula de educação física. Quem ousasse entrar em campo com tal calçado de cravos de borracha, era simplesmente malhado e massacrado pelos craques de chuteiras de grife. Enrolar e amarrar os cadarços pretos nas canelas, então, seria um verdadeiro suicídio, motivo de eterna importunação ao pobre do pobretão (com o perdão do trocadilho, apenas de aparente redundância).

Se, para muitos, *bullying* é coisa normal, que até faz com que a criança aprenda a se defender, vejamos outras aparentes "traquinagens" (passadas na mesma escola), que autorizarão, com mais clareza, a diferenciação entre "coisa de criança" e "maldade".

No transporte escolar, além do motorista do ônibus, havia uma mulher que trabalhava como monitora, auxiliando a molecada no embarque, desembarque e durante o percurso até a famosa escola citada. Eis que alguns dos alunos tiveram a "feliz" ideia de sacanear com as pessoas na rua. Levavam maçãs, comiam uma parte e, na distração da monitora, simplesmente jogavam, pela janela, nas pessoas que estavam nos pontos de ônibus. Rachavam de dar risada, comentando coisas do tipo: "quero ver esse aí chegando todo melado pra trabalhar!". A monitora percebeu, repreendeu e reportou o ocorrido aos respectivos pais. A bronca dada foi "daquelas", algo (para inglês ver) como: "Filhinho querido, não pode fazer isso! Da próxima vez deixo você um dia sem jogar atari." Sentindo-se injustiçados com a "fumada", os anjinhos, em retaliação, colocaram um chiclete mascado à meia altura dos cabelos cacheados da monitora. No dia seguinte, pareciam não se aguentar – de deleite – ao verem a moça (com nítido semblante de tristeza), aparecer com o cabelo cortado bem curtinho.

Estas passagens lembram os filmes americanos estudantis, que começam com episódios de *bullying* e perseguição por parte dos "famosinhos e famosinhas", diante dos novos alunos, ou dos "fracos e oprimidos". O final da trama, de forma não rara, é uma cena de pura vingança – em forma de chacina, com muitas armas, tiros e banho de sangue – protagonizada pelas vítimas de outrora. Mas deixemos a tragédia americanizada de lado, para tratar da vida que segue fora das telas, de forma menos dramática e certamente mais ordenada, graças à ação de algumas leis universais, que dão sentido a tudo.

Uma destas leis universais, retratada no clássico *O Caibalion* (de Hermes Trismegisto), é a da "causalidade", que foi resumida, na dita obra, com as seguintes palavras: *"Toda Causa tem seu Efeito; todo Efeito tem sua Causa; todas as coisas acontecem de acordo com a Lei; o Acaso é simplesmente um nome dado a uma Lei não reconhecida; existem muitos planos de causalidade, mas nada escapa à Lei."*

Está bem! E o que tem a ver uma coisa com a outra. Será que não se está a misturar alhos com bugalhos? Calma! Adiantemos o filme e a linha do tempo da nossa historinha (e de seus atores), em algumas décadas. Após, nossa reflexão provavelmente ficará mais clara.

O moleque, que era metido à besta e ostentava pertences de grife (fazendo chacota aos que usavam produtos populares), herdou a indústria do pai e, em pouco tempo, enfiou tudo no nariz. Queimou o que podia (e o que não podia) com o que tinha de bom e de melhor no mundo das viagens e da alta gastronomia. Não se preocupou em estudar, manter ou inovar as conquistas do pai. Dentre suas dívidas, várias multas por sonegação e crimes fiscais, falcatruas comerciais e indenizações por assédio moral a funcionários. Todos os seus suntuosos imóveis foram penhorados. O homem passou a ser visto num carro popular, que sequer estava em seu nome, para que a justiça não aprendesse e "colocasse no prego". Seus filhos adolescentes tiveram que se matricular numa escola pública e, agora, viraram vítimas de *bullying* por serem, aos olhos dos demais alunos, "burguesinhos" e "fresquinhos". Sua jovem e linda mulher, antes tratada à base de trufas, caviar e patê de *foie gras*, não suportou a nova fase de prato feito na promoção do *ifood* e, usando de seu livre arbítrio, simplesmente "vazou na braquiária", em busca de uma nova e mais promissora parceria de negócios familiares e amorosos.

O filho da monitora, por vocação e esforço, tornou-se uma autoridade policial. Nunca soube do sofrimento passado por sua mãe com o episódio do cabelo cortado (até porque o choro deu-se, por dias, na solidão do banheiro), mas sempre valorizou o estudo que por ela lhe foi proporcionado, às custas de muito trabalho. Certa noite, os noticiários televisivos mostraram, sob o título sensacionalista de "escândalo na alta sociedade", a prisão de um jovem rico, que traficava drogas sintéticas nas mais festejadas baladas e boates da cidade. Na delegacia, o pai veio, aos prantos, socorrer o rebento desviado na vida. Justificava, perante a multidão de repórteres, que há muito tempo tinha perdido seu filho para as drogas, apesar de lhe ter dado do bom e do melhor. Este pai era, não por coincidência, o mesmo jovem que se deleitava, antigamente, brincando de grudar chicletes nos outros e de arremesso de maçãs em trabalhadores nos pontos de ônibus. Mãe e filho, em casa e abraçados, assistiram entristecidos a reportagem. O filho confidenciou que participou da prisão do rapaz e que este tentou até corrompê-lo (em vão, por óbvio). Mesmo assim, confessou ter ficado com dó ao ver o sofrimento e o desespero daquele pai. A velha mãe, com semblante de verdadeira paz, somente agradeceu a Deus pela índole justa e humana que moldava a personalidade de seu filho.

Ah! E os merecedores da medalha "flor de lótus branca"? Como todos, passaram por sabores e dissabores na vida. O fato é que, um deles, tornou-se médico, um dos mais renomados na sua área de especialidade. Teve a ventura de reencontrar, já maduro, seu velho professor. Foi, aliás, o responsável por sua delicada (e bem sucedida) cirurgia. Que alegria! Conversaram muito sobre vida, destino, família, gratidão e felicidade. Afinal, era esta a tônica do passado, do presente e, certamente, será a do futuro de ambos!

É! E há quem diga que isso tudo ocorre por obra do acaso! Ledo engano! Feliz mesmo, é quem compreende, o quanto antes, a atuação da lei universal da causalidade. Se todos sabem que a semeadura é livre, nem todos lembram que a colheita é obrigatória. Não é uma lógica de vingança pessoal, social e muito menos Divina. Também não se trata de má sorte. É que o danado do universo tem essa mania chata de nos mostrar, mais cedo ou mais tarde, os efeitos – bons ou maus – dos nossos próprios atos.

Enfim, aqui se faz, aqui mesmo se aprende! Alguém duvida?

BRIGA DE TIRAS

Ah, liberdade! Palavra tão bonita, portadora de incomensurável carga de cidadania e, sem dúvida, um símbolo da verdadeira humanidade. Pena que não é ingrediente único da receita de vida de todos e cada um de nós.

Para alguns, a liberdade é como um zap no jogo de truco, uma espécie de carta de valor máximo, que (não por coincidência da vaidade) sai sempre em suas mãos, em todas as rodadas e jogatinas. Ledo engano dos pobres individualistas de alma. Ora, ninguém tem, só para si, uma arma tão forte e ilimitada assim, pois se cada cidadão tem a mesma liberdade, isso, por si, impede que alguém cogite exercê-la de forma ilimitada e irrestrita. Alguém já viu, no truco, distribuírem um zap para cada jogador?

Mas, tem quem, infelizmente, ache possível isso! Existem os liberais radicais convictos (nada contra os liberais, talvez apenas contra os radicais), que vivem com o mesmo lema da molecada, nos jogos de rua de antigamente: "cada um por si e Deus por Todos". Devem, no mínimo, ter faltado na aula do Contrato Social de Rousseau.

Nosso personagem de hoje sempre foi o exemplo típico deste estereótipo. Rapaz jovem, trabalhador e, aos olhos da sociedade, moço bom e honesto (é o que jurariam, de pés juntos e mão na Bíblia, algumas testemunhas, se fossem perguntadas sobre seus antecedentes pessoais). O problema (não para ele, claro) é que jamais admitiu a mínima restrição à sua própria liberdade. Orgulhava-se em dizer, aos quatro ventos, a origem histórica de tal direito fundamental, inclusive passando pela Revolução Francesa e coisa e tal. Não poupava de repetir, em seus discursos inflamados perante os colegas (aliás, em meio à qualquer assunto), sua idolatria diante da tal liberdade. A mania já estava virando carne de vaca e, com uma mescla de ironia e maledicência, o povo já começou a chamá-lo, veladamente, de "cidadão-liberdade".

Em certo dia de trabalho, um amigo de longa data, preocupado com o fascínio do seu conviva sobre o tema, teve um rompante de sincericídio. Confidenciou, invocando o famoso lema da "liberdade, igualdade e fraternidade", que achava estranho alguém enaltecer tanto (e somente) a própria liberdade, a um ponto tal que, se todos fizessem o mesmo, não haveria, por exemplo, mínima chance de igualdade ou fraternidade.

Foi a conta para uma reação agressiva. O "cidadão-liberdade" vociferou que, "agora, virou moda mutilar a liberdade dos outros!". Invocou seus parcos conhecimentos jurídicos para dizer que a Constituição Federal lhe garantiria a liberdade plena, não só para ir e vir, mas também para manifestações de pensamento, crença, religião, e por aí vai. E repetiu uma célebre (e perigosa, para não dizer impensada) frase de um importante líder da Nação: "prefiro perder a vida, do que perder minha liberdade!"

Seu interlocutor, pela exaltação de ânimo do amigo, não retrucou, ao menos de plano. Foi inevitável, contudo, não lembrar daquela inteligente charge, largamente divulgada nas mídias digitais, onde um casal de dinossauros diz, para um casal de unicórnios, exatamente a mesma frase – "prefiro perder a vida, do que perder minha liberdade" – enquanto todos os demais animais adentravam à Arca de Noé.

O "cidadão-liberdade", com uma certa arrogância (própria de alguns extremistas indispostos a ouvir contraponto e, muito menos, a refletir sobre seus dogmas), disse que era difícil explicar a raiz quadrada para quem apenas estava disposto a entender a conta de mais. E, para não desenhar, esclareceu que tentaria primeiro exemplificar.

Afirmou não ter medo de dar às caras e, já que nunca se acovardou no anonimato, estava autorizado a falar o que pensava, sem filtros. Qualquer limitação, na sua visão, seria atentatória à sua liberdade de expressão, garantida constitucionalmente. Afinal, qual o mal de ser favorável ao linchamento de bandidos pela população cansada de ser assaltada, inclusive publicando a "punição pedagógica" em redes sociais? O dono de uma empresa, por acaso, não poderia falar e ter como diretriz explícita de sua gestão de pessoas, o pagamento de salário inferior para as mulheres? Passaporte de vacina ou a própria quarentena, então, não seriam um escárnio ao direito de ir e vir dos cidadãos? Além disso, se realmente existe o direito constitucional de não produzir provas contra si mesmo, por que não temos a liberdade de deixar de assoprar o tal bafômetro, sem arcar com multas e outras consequências negativas?

A essa altura do campeonato, uma gama de colegas se aproximaram em leve aglomeração, dada a eloquência do discurso. Pensaram, mas evitaram rotular aquela oratória como um discurso de ódio, ou de algo politicamente incorreto, para não causar a ira de seu autor, que certamente poderia chegar às vias de fato, diante dos potenciais censores de sua liberdade.

Em delicada interferência, um deles pediu para compartilhar uma experiência pessoal. Disse que um tio, décadas atrás, num vilarejo simples do interior, onde morava e trabalhava, foi linchado por moradores de seu bairro. Foi acusado de abuso sexual de sua enteada, na época adolescente. Apanhou de punho, pé, pau e pedra. Chegou a ficar desacordado e não desencarnou por pouco. Atearam fogo em sua casa, sem dó. Depredaram tudo. Apenas dias depois, na delegacia, assustada com a repercussão do ocorrido, a menina admitiu que teria inventado tudo por vingança, já que se achava reprimida, pelo padrasto, em suas pretensas saídas para festas e baladas. Não é preciso dizer que a garota o fez tarde. Tal como o gato escaldado tem medo de água fria, disse ter razões para discordar da suposta liberdade (de aparente interpretação torta) para se fazer apologia à justiça com as próprias mãos. Citou, ainda, o caso do jovem negro, que foi acusado – em plena via pública do Rio de Janeiro – de furtar uma bicicleta, sendo que, na verdade, o verdadeiro meliante era outro (e branco). Questionou se não haveria, na Constituição, junto com as tais liberdades, outros direitos fundamentais, como o de ser julgado e condenado apenas por tribunal competente, após ampla defesa?

Outro colega, então, fez coro. Emendou que achava estranha a defesa da liberdade de contratar mulheres por salário menor, já que a Constituição Federal também garante a igualdade de gênero. E, na condição de pai de três filhas, questionou se suas meninas (assim as chamou, apesar de serem, hoje, adultas) seriam menos cidadãs do que ele, só por serem mulheres. Questionou diretamente, ao inflamado extremista liberal, se a liberdade dele autorizava o descumprimento da igualdade garantida à elas, na mesma Constituição Cidadã?

Um terceiro também não se conteve em opinar. O seu caso particular foi de uma tragédia, não rara, nos últimos tempos. Foi a morte de vários familiares na pandemia do Covid-19 (pai, mãe e um irmão, numa mesma época). Todos viviam isolados num condomínio e deslocavam-se apenas para o essencial. O prédio adotou regras muito rígidas para tentar evitar o contágio em meio à pandemia (restrição de pessoas no elevador, máscara obrigatória em áreas comuns, álcool em gel por todo lado, além de obrigação de comunicação ao síndico em caso de contágio, para intensificação das cautelas protetivas pelos demais). Uma moradora, jovem e solteira, sempre levantou a bandeira da sua liberdade, sem qualquer limite. Não só achava inúteis e ilegais as regras e recomendações fixadas no ambiente do condomínio, mas também não se sujeitava a usar máscara e, tampouco, respeitava o isolamento. Brigou e desafiou a Deus e o mundo, caso alguém tentasse obrigá-la ao contrário. Resultado: contaminou-se e, sem qualquer preocupação ou cautela para proteção da coletividade, acabou contaminando também vários condôminos (provavelmente nos contatos esporádicos com a área comum). A irreverente moçoila passou pelo hospital, mas se recuperou breve e bem. Os entes queridos do narrador não tiveram a mesma sorte. Emocionado, chegou a desabafar: "viva a liberdade – sua e dela – que deve ser maior do que o direito à saúde e à vida dos meus pais e do meu irmão!"

O cidadão-liberdade quis falar, mas, antes, um jovem advogado também insistiu em relatar sua experiência pessoal. Na faculdade de direito, nas primeiras aulas de penal, foi ao delírio ao ver seu professor defender a inconstitucionalidade do teste de bafômetro. Convicto de seus direitos fundamentais e liberdades públicas, levou isso para a vida noturna. Depois de uma cachaçada daquelas, já amanhecendo o dia, pegou o volante, invadiu a pista contrária e, simplesmente, matou uma família inteira. Naquele momento, não pensou em outra coisa senão usar do seu "direito" de não fazer prova contra si mesmo. Até hoje, disse não se perdoar pelo egoísmo de sua visão sobre os seus direitos (e, principalmente, pela cegueira diante dos direitos dos outros que morreram ou dos que ficaram sofrendo pelos que se foram). Foi condenado e até hoje paga as consequências (legais e, principalmente, de consciência) em razão de seu crime, que, outrora, em sua cabeça, já chamou de exercício legítimo da liberdade. Hoje, arrependido de seu erro e mais evoluído na interpretação dos direitos dos cidadãos, o jovem citou uma célebre lição de hermenêutica constitucional, do ex-ministro Eros Grau: "não se interpreta a Constituição em tiras, aos pedaços". Com isso, recomendou que seu colega pensasse nisso!

Foi neste momento que o "cidadão-liberdade", acuado em argumentos, mas não vencido em seu convencimento, resolveu, como única saída, encerrar o assunto. Disse, apenas, que conhecia muito bem esse discurso de oposição às liberdades. Não seriam exceções pontuais que o fariam abrir mão de um centímetro sequer de sua liberdade. E repetiu: "prefiro perder a vida, do que perder minha liberdade!"

Então, como uma mula arrastando sua carroça de convicções, limitado em sua visão por antolhos, seguiu andando reto, ostentando sua tira de liberdade, sem sequer notar que, ao seu lado, vários cidadãos também abanavam – em vão – outras tiras da mesma Constituição.

Até hoje, ele tem a certeza que, em qualquer briga de tiras, a sua – da própria liberdade – sempre foi (e será) a mais bela e poderosa de todas, talvez a única abençoada por Deus com a láurea distintiva de "a mais foda das tiras!"

UNGUENTO PARA TRATAR FANÁTICOS

Era uma família rubro-negra conhecida, todos torcedores fanáticos, daqueles que vestem a camisa, ostentam a bandeira em casa e no carro, tatuam o corpo com símbolos do time (sem dó, piedade e nem economia de espaço na pele). Até aí, nenhum problema! Paixões como estas, em boa medida, são até bonitas de se ver e viver.

Os filhos cresceram e logo começaram a aparecer namoradas e namorados. A população familiar proliferava mais que "maria-sem-vergonha" no jardim. Só que, por algum sortilégio da vida, a filha caçula arrumou um namorado tricolor! Tragédia à vista. O concílio do lar foi convocado para deliberar sobre tamanho disparate. Como se fosse um "tribunal do crime", com a menina acuada no "banco dos réus", os familiares uniformizados tocaram o terror. Chegaram a argumentar o que seria da reputação da família se o pessoal da "organizada" ficasse sabendo. Como seriam os churrascos em dia de jogo com um X-9 no meio? Em palavras polidas – que ali não foram usadas – a menina foi sumariamente condenada a romper os laços com o rapazote, sob pena de sofrerem (ambos) hostilidades mil. Na verdade, com os dentes caninos à mostra, o irmão mais velho, apoiado pelo pai (e pela conivência passiva da mãe), disse que daria uma mão de pau no pretendente tricolor, se o visse na frente. O veredito foi acatado, sem direito a recurso, até porque a pequena moça sabia do histórico de violência daqueles machões, nas brigas com adversários, principalmente nas épocas de dérbi.

Tudo, então, voltou à calmaria naquela harmoniosa e pacata família religiosa, com as tradicionais orações antes das refeições, beijinhos e pedidos de bênçãos aos pais todos os dias e, aos domingos, missa para agradecer a Deus e pedir que mantenha a todos no caminho da mais sublime retidão, tal como Ele ensinou. Ora, não venham falar de incoerência nesta história familiar. Afinal, se não achamos estranho, na infância, o desenho do Pato Donald e seus sobrinhos, comendo um frango assado (isso sim era incoerência, convenhamos!), por que raios acharíamos errado alguém dar umas porradas nos desafetos futebolísticos no sábado e, no domingo, rezar e venerar a Deus, como se nada tivesse acontecido? Sem hipocrisia, vai!

Está certo que a filha deu uma emburradinha, entristeceu um tanto, deprimiu outro tanto e, cada dia mais, isolou-se no quarto, com um sentimento de injustiça e decepção com a própria família. Nada de mais, segundo a parentada opressora e míope. Só se esqueceram do que profetizava a música "Imoral, ilegal ou engorda", de Roberto e Erasmo Carlos (regravada por Léo Jaime e Biquini Cavadão). Foi só proibir o namoro que ele veio – e com força – apesar de clandestino. Os encontros eram urdidos à sorrelfa, longe dos olhos dos pit-bulls e da rottweiller de casa. Inexperiente e sem poder compartilhar com a mãe (exatamente a rottweiler citada) suas dúvidas e novas experiências, não recebeu conselhos, orientações e nem colo amigo. Resultado, o casalzinho ficou grávido!

Sabendo do precedente do tribunal de exceção doméstico que lhe condenara outrora, sem ter pai nem mãe que lhe pudessem socorrer nesta hora, desesperada, a jovem pensou em duas opções: suicídio e fuga. Graças a Deus – e ao apoio do futuro papai tricolor – optou pela última. E a família da moçoila fujona? Tal como repetia uma ex-presidente do nosso país, ficou extremamente "estarrecida" com o que chamaram de apunhalada pelas costas. Questionavam o que tinham feito de errado para merecer tamanha ingratidão. Repetiam, sem parar: "demos de um tudo para essa menina!".

Mas, será o Benedito que a família, nem mesmo nesta situação extrema, parou para fazer uma autocrítica sobre seus atos? Infelizmente, não! Segundo os estudiosos, em casos análogos de fanatismo, um dos sintomas é a cegueira do espírito e a mente blindada de críticas (inclusive de autocríticas). Tal tese, pelo visto, foi confirmada.

Façamos um pequeno parênteses no nosso pequeno drama familiar, para traçar alguns paralelos da vida "como ela é" – talvez no estilo Nelson Rodrigues – tentando identificar alguns traços comuns diante de outros fanáticos, de vertentes diversas.

Nas últimas eleições (e não há como se duvidar que nas vindouras teremos reprise da mesma novela), partidários e simpatizantes da esquerda e da direita quebraram antigas amizades, brigaram com parentes, perderam as estribeiras nas discussões, tudo para defender – cem por cento – seu político da vez. Interessante que a maioria não tinha capacidade de assimilar (ainda que parcialmente) a argumentação crítica da outra parte, ou de reportagens especializadas, ainda que recheadas de provas. Não havia conversa, só ringue de vale-tudo. Os argumentos eram dogmas e todas as frases de ataque. O contraponto era, invariavelmente, a ofensa direta ao político e, se possível, também ao próprio emissor da opinião contrária. Mais recentemente, na mesma polarização política, fanáticos de um lado reproduziram (sem dó ou filtro) as barbaridades contra a vacinação ditas por seu político negacionista, mas, na surdina (é claro!) foram os primeiros da fila da picada nas redes públicas. Por sua vez, tempos antes, os fanáticos da outra banda, criticaram o adversário pelos dizeres homofóbicos e machistas, mas aplaudiram quando o seu próprio político de adoração fez piadas e comentários escancaradamente ofensivos às mulheres e gays (e juraram, de pés juntos, que "uma coisa é uma coisa, outra coisa é outra coisa!"). Vai entender! Dizem os médicos e sociólogos, que o tal do fanatismo faz, também, a razão e a vergonha na cara sumirem. A boa notícia é que o quadro é reversível. Rezemos!

Ainda no parênteses, só que no campo do fanatismo religioso, o mercado dos dogmas de fé disputa adeptos, numa concorrência digna de McDonald's e Burguer King, Nescau e Toddy, Pepsi e Coca-cola, ou ainda, para os televisivos da antiga, de Faustão e Gugu pela audiência domingueira. A adesão a esta ou àquela religião, em si, numa primeira análise, é sempre boa, pois, como é noção corrente, vários caminhos levam a Deus, cada um do seu jeito. O caldo entorna quando a fé vira intolerância e o fiel é convertido num fanático. Atingir este extremo indesejado não é tarefa difícil na mão de líderes religiosos soberbos, que buscam, por exemplo, convencer que a sua vertente de fé – e apenas a sua – seria a única criada diretamente por Deus e assim por Ele abençoada; e, mais, que, fora daquela religião, não haveria salvação. Não se trata de criticar a fé, mas apenas ponderar que, mesmo nela, deve haver espaço para manutenção da razão e do espírito crítico, principalmente diante das atitudes dos homens que a pregam e interpretam. De forma corajosa, o filósofo e escritor Herculano Pires, em sua obra "Agonia das religiões", fez uma análise crítica muito importante (e sem distinção de religião destinatária): *"O ponto crucial do problema religioso chama-se hipocrisia. E a hipocrisia resulta das atitudes egoístas, da falta de compreensão do verdadeiro sentido da religião, que é caminho e não ponto de chegada da espiritualização do homem".* Talvez seja esta a tônica mesmo do fanatismo religioso: uma lamentável hipocrisia, cuja profilaxia pode ser encontrada na instrução contínua de cada um de nós, sempre espiritualizada, mas respeitosa da fé alheia. Afinal, a fé no Divino não nos obriga à cegueira diante dos desmandos dos homens que a distorcem. Oremos!

Fechemos, então, os parênteses do fanatismo político e religioso, para voltar à nossa pequena história da menina emprenhada fujona. Afinal, que fim teve esse drama? Calma! Sigamos um pouco adiante, ao menos até onde as notícias nos chegaram.

A moça encontrou abrigo e amor na família do namoradinho tricolor, que a recebeu de braços e coração abertos. Não foi fácil para ela suportar a saudade da família rubro-negra, que, na sua visão, estaria até perdoada do crime (inventado agora) de intolerância familiar, com agravante de motivo fútil. Com este espírito – e incentivada pela família tricolor (que também agregava desgarrados de outras cores, com bom humor e o mesmo carinho fraternal) – a nova moradora-gestante, tão logo se acomodou e acalmou os ânimos, deu notícias de seu paradeiro aos pais e irmãos. Explicou tudo, tim-tim por tim-tim, inclusive seus motivos e medos. Buscou reaproximação e acolhimento, mas teve que rever a novela – da série "(não) vale a pena ver de novo" – do seu primeiro julgamento no tribunal inquisitório familiar. Ouviu cobras e lagartos de si e, também, do futuro pai de seu filho. No lar que a acolheu, mais uma vez todos a confortam e disseram: "dê tempo ao tempo!". Periodicamente a jovem mandava fotos, de sua barriga crescendo e crescendo, algumas vezes sem obter resposta e, noutras, recebendo desabafos ofensivos. Não brigava e nem retrucava, apenas continuava tentando. Nasceu uma linda criança, sem uniforme de time, mas a foto enviada aos avós maternos transbordava amor e respeito, o que conseguiu ser enxergado mesmo pelos olhos dos incrédulos fanáticos raivosos.

Bom. Sabemos da história só até aí. Mas, um passarinho contou um pouco mais. Disse que, a nova avó rubro-negra, vendo a boa áurea que cercava aquele novo ser, aos poucos – bem aos poucos – começou a se tentar convencer e aos outros que não precisavam ser tão intolerantes, apenas por conta de uma paixão futebolística. Foi o mote para mais conclaves familiares, desta vez para decidirem sobre se deveriam "perdoar" o erro da menina. A matriarca, mudada da água para o vinho, protestou e divergiu sobre o assunto da pauta. Disse, para o arrepio da macharada local, que, na verdade, deveriam decidir "onde eles próprios erraram e como fariam para reparar os prejuízos e o amor familiar perdido". A atitude foi considerada um atrevimento, talvez fruto da senilidade da nova condição de vovó de um potencial tricolor!

Será que haverá reconciliação, perdão, arrependimento ou um rotundo "foda-se"? Só o futuro – ou a imaginação de cada leitor – dirá. Mas, segundo os especialistas, o fanatismo, apesar de não ter cura, tem tratamento. A prescrição é de um unguento, composto de amor, humildade e tolerância, a ser ministrado em doses homeopáticas, junto com o ar que respiramos diariamente. Dizem que, em alguns dias, a razão e a capacidade crítica começam a dar sinal de vida.

P. S. (aos fanáticos): Qualquer semelhança com a realidade não passará de mera coincidência. A escolha das cores dos times foi aleatória. Poderiam ser os púrpuras, ou os cor-de-burro-quando-foge. Hashtag: paz!

EXPERIÊNCIA COM O MAL, OU SÓ DE MAU GOSTO?

Tudo começou com um mercadinho de bairro, daqueles em que os grãos eram ainda vendidos a granel (retirados com caneca de alumínio e pesados na balança Filizola vermelha e branca) e as contas dos clientes eram anotadas, à mão, nas famosas cadernetas. Vendia-se de tudo, de bacalhau à lenços Presidente, em pacotes com três. Crianças frequentavam o estabelecimento, a pedido das mães, para comprar baguete, que vinha enrolado em papel fosco (só no meio) e, se dessem sorte, ainda pegavam algumas guloseimas do baleiro giratório de troco. As balas duras e coloridas, naquela época, não se sabe por qual milagre, não matavam a molecada engasgada e nem pelo excesso de açúcar e corante. Empregado era só um, o verdadeiro faz-tudo, gentil na hora de atender, respeitoso com o patrão e respeitado por ele.

O mercado cresceu, virou supermercado de nome e credibilidade na cidade. O velho fundador ainda dava a tônica da gestão, pois, como dizem, é o olho do dono que engorda o gado. Os problemas também passaram a brotar em progressão geométrica, mas, ainda assim, tudo era digerido e administrado por ele, com serenidade, empatia e, acima de tudo, bondade. Suas decisões eram justas e, como tais, respeitadas. Afinal, bom senso e caldo de galinha, além de não fazer mal a ninguém, sempre foi remédio universal para um sem-número de problemas da humanidade.

O filho, já formado, achava aquele modo de gestão retrógrado. Dizia que, na atual economia de mercado, própria do capitalismo financeiro ("em versão 4.0"), o gestor tinha que ser agressivo e, na empresa, devia imperar o ar de competitividade, interna e externamente. Os colaboradores tinham que trabalhar com "sangue nos olhos", sabendo que deveriam bater suas metas a qualquer custo, sob pena de perderem o emprego. Afinal, "empresa não é instituição de caridade!", sustentava o moço.

Sabendo que o filho não havia derramado uma gota de suor sequer num chão de fábrica, o pai conteve-lhe os arroubos até onde teve forças. Tentou convencê-lo que a ideia era egoísta e, além do mais, com potencial de virar uma verdadeira bomba-relógio. Colocar pessoas, umas contra as outras, retirando limites éticos de competitividade e, ainda, fazendo-as trabalhar com uma espada de Dâmocles sobre as cabeças, seria de todo abusivo, perigoso e desonroso em relação ao bom nome que haviam consolidado na cidade. Porém, as palavras do pai pareciam áudio longo de *whatsapp*: algo a não se escutar. Quando muito, o rebento fingia dar atenção, mas desligava a mente daquela monótona cantilena, que entrava por um ouvido e saía pelo outro.

Em alguns anos, com o falecimento do pai, o herdeiro foi logo colocando as asinhas de fora. Nem mal baixou o clima de luto, já chamou o gerente mór do supermercado (funcionário escorreito e das antigas) para uma reunião. Foi curto e grosso. Mais curto que coice de porco e mais grosso que parafuso de patrola. Disse que agora a toada seria outra. "Acabou a calmaria, o ganho fácil e o melzinho na chupeta!".

Pediu relatórios da contabilidade e, mais que depressa, cortou o fundo de auxílio mantido pelo pai há décadas e que era usado por funcionários com necessidades familiares especiais. Sempre achou que tal investida de caridade e filantropia era uma excentricidade do velho, além de um desperdício de dinheiro.

Vários funcionários foram forçados a constituir empresa e, como pessoas jurídicas, tiveram seus benefícios cortados e suas comissões reduzidas drasticamente. Os que não concordaram foram sumariamente demitidos e, ainda assim, com a promessa que ficariam "queimados" no ramo. As despesas de trabalho, antes custeadas pelo supermercado, agora também seriam por conta de cada um. Foi um desespero!

Determinou, ainda, ao setor de marketing uma guinada drástica de estratégia. Em vez da velha propaganda de seus próprios produtos e ofertas de preços, a nova gestão queria guerrear de forma mais direta com a concorrência. Tinham que divulgar reportagens e denúncias de irregularidades (como autuação por alimentos vencidos, reclamações de clientes, etc.), principalmente as antigas, visando desabonar a imagem dos concorrentes. Muitos advertiram que a maioria de tais notícias e queixas eram falsas, fruto da má-fé de um ou outro mau consumidor, ou simplesmente não tinham sido comprovadas. Mas, infelizmente, o alerta foi em vão. A ordem foi clara. Guerra é guerra! Cada um que se explique, depois. Adivinhem o que aconteceu com os que se recusaram a trabalhar com *fake news*? Isso mesmo: rua!

Para o pessoal de recursos humanos, o jovem déspota também explicou a nova política a ser implantada em treinamentos, seleções e dispensas. As metas de todos eram obrigatórias e inegociáveis. Os meios para atingi-las não importavam. Se quisessem manter o emprego, valia até vender na área do companheiro de setor, dedo no olho ou chute nas partes baixas. Afinal, quem realmente dependesse do emprego, faria das tripas coração para chegar na cenourinha à sua frente. Enfim, uma espécie de meritocracia desleal e selvagem (apenas na visão dos chorões descontentes, é claro).

E assim seguiu sua estratégia, de setor em setor, tocando o terror do piso à laje, sem dó, nem piedade. A rádio peão funcionou a toque de caixa e, logo, o apelido de "Hitler tupiniquim" espalhou-se que nem fogo na palha seca. Para o novo comandante da nave, nada disso importava. Tinha convicção que essa "limpeza" de gente e de regras (inclusive as de ordem ética) era necessária para que ficassem apenas os fortes. Funcionário muito certinho não prestava e não dava lucro. Bom mesmo era o "marvado", que vendia a mãe e, de quebra, não entregava. Afirmava, com a boca cheia, que as pessoas, no fundo, não nasceram para serem boas. Fingiam ser assim somente por conveniência de uma sociedade hipócrita. Bradava que lhe dariam razão, em breve.

Após o primeiro mês de contabilidade, o promissor dono do mundo sorriu diante das planilhas. As despesas foram reduzidas e os índices de vendas aumentaram significativamente (o pânico que se impôs aos colaboradores só pode ter sido a causa destes bons frutos, pensou!). Os concorrentes se desesperaram e tiveram que rebolar para desmentir os boatos publicitários negativos. Mereceu até um brinde solitário, com champagne, na cadeira da presidência.

Alguns sinais negativos foram minimizados na análise do moçoilo. Por exemplo, as queixas dos funcionários (experientes) sobre práticas desleais de membros de seu próprio departamento, além dos afastamentos decorrentes de problemas psíquicos (consequência do trabalho no limite das forças e com os nervos à flor da pele). O mandachuva, para quem tudo era "frescura", não cansava de repetir: "quem não aguenta, bebe leite", ou, no melhor estilo capitão Nascimento, "pede pra sair!". O atendimento também piorou e vários clientes descontentes colocaram a boca no trombone, o que foi lido como apenas uma pequena onda passageira, provocada por um grupo de mal acostumados. Na mente do empreendedor das galáxias, jogo que segue!

Mas, nada como o tempo. Os números não se mantiveram. A maioria não suportou trabalhar num ambiente hostil e violento. A maior queixa foi o clima de trabalho desleal entre colegas e com os clientes. Os que ficaram, provavelmente por pura necessidade, tinham que entrar no jogo sujo, pelo menos até conseguirem outra fonte de subsistência. Descobriram-se falsidades nos dados e relatórios de metas. Colegas enganavam superiores e, estes, a presidência. Todos ludibriavam os clientes, em busca de números. A velha e saudável empresa começou a definhar e pagou todo o pato.

De forma paralela, o gerente de confiança, que cresceu como braço direito do falecido dono, foi o primeiro a jogar a toalha. Só que, em vez de desistir e jogá-la no ringue, resolveu dar a volta por cima. Com a expertise acumulada e, também, um razoável capital, montou seu próprio negócio. Sempre desejou isso, mas não o fazia por respeito e fidelidade ao seu amigo e antigo patrão. Agora, porém, o quadro era outro. Ninguém aguentava mais trabalhar num ambiente de verdadeira guerra de todos contra todos. Era a hora de pular do barco e levar junto o seu valoroso time do bem. E não é que deu certo! Nasceu um novo supermercado, com a mesma filosofia de humanidade de antes. Era o terreno fértil para que todos voltassem a trabalhar com afinco, alegria e, acima de tudo, leveza na alma. A clientela também percebeu e começou a gostar. Corria, à boca miúda, que a cidade voltou a ter aquele supermercado de confiança.

O filhote, metido à sabereta, sentiu-se traído em suas convicções, tal como o Diabo do conto "A igreja do diabo", de Machado de Assis. Façamos aqui um parênteses, para falar deste interessante ensaio literário sobre a natureza humana, onde o tinhoso teve a (in)feliz ideia de fundar uma igreja, para concorrer com as de Deus. Prometia angariar "fiéis" com ofertas tentadoras, como o livre exercício dos vícios, prazeres e pecados, além da permissividade diante dos ilícitos de todas as ordens. Qual não foi a surpresa do coisa ruim, quando percebeu que alguns de seus mais dedicados "fiéis" estavam praticando, às ocultas, o bem! Como entender? Quando não podiam pecar, pecavam; agora que podiam pecar livremente, resolveram ser virtuosos. E, se não bastasse o desgosto do capeta, este, ao tentar desabafar com Deus, acabou escutando o óbvio: "Que queres tu? É a eterna contradição humana."

Bom. Até poderíamos discutir se o estado de natureza do homem seria realmente o da maldade, tal como Thomas Hobbes pregou (e, provavelmente, o filho do dono do supermercado acreditou). Ou, ainda, se a natureza humana estaria mais próxima do "bom selvagem" de Rousseau, que coloca o homem, na sua essência, como puro e inocente. Porém, sem qualquer demérito aos filósofos contratualistas, deixaremos tal discussão teórica para outra oportunidade.

Talvez a mensagem realista do conto Machadiano esteja mesmo correta. De fato, o homem parece ser meio "bipolar" e extremamente contraditório no uso de seu livre arbítrio, oscilando entre o bem e o mal, de acordo com as variáveis que o ineditismo da vida nos brinda a cada dia.

Agora, pensemos com os nossos próprios botões. Não seria razoável imaginar – adotando uma visão mais otimista da humanidade – que transitar pelo mal reflete mais um desvio passageiro, do que um estilo de vida que alguém pretenda chamar de seu, ao menos para a massa da nossa espécie? Fica para reflexão!

De qualquer forma, faltou o final da pequena trama que nos trouxe até aqui. O supermercado do velho pai, nas mãos do herdeiro, foi à bancarrota, em queda livre. O rapaz mudou-se para a capital, onde arrumou emprego num pequeno comércio (foi o único que conseguiu). Passou a viver de parcas comissões e com um salário módico. Prometeram aumento, a depender de seu desempenho e dedicação durante a experiência. Os comentários são de que ele está aprendendo bastante e que, no futuro, pretende voltar a ter seu próprio negócio. Se vai conseguir, só Deus na causa para saber.

Quanto ao novo supermercado dissidente, segue de vento em popa. Nas palavras do ex-gerente e atual dono, vai muito bem, obrigado!

TAMANDUÁ NÃO USA ÓCULOS

O rapaz era o fã número um da lógica formal. Desde que aprendeu aquele tal de silogismo, nos primeiros anos dos bancos acadêmicos, resumiu seu mundo argumentativo a um raciocínio lógico dedutivo, quase que matemático, onde tudo se encaixava em premissa maior, premissa menor e conclusão (esta, a única resposta certa).

Apenas pecava na eleição solipsista das premissas, que eram, como regra, escolhidas segundo sua visão muito particular de mundo. E, como se não houvesse espaço para discuti-las, defendia com unhas e dentes suas proposições primeiras do raciocínio argumentativo (premissas maiores), tendo-as, sempre, por verdadeiras, únicas e incontestáveis. Parecia o Canário, do conto de Machado de Assis – "Ideias de Canário" – que a cada vez que encontrava com o Sr. Macedo, descrevia o que entendia como sendo o "seu mundo", sempre de uma maneira nova e diferente, mas, em todas as versões, com certeza e convicção de que aquela era a verdadeira descrição de mundo.

Gostou tanto da brincadeira, que virou um retórico especialista em saber e falar de tudo um pouco. Discutia como um sofista, com quem quer que fosse, independentemente do assunto (só que não cobrava para tanto, ainda!). Dava pitaco em papo de gastronomia, física quântica, política internacional e, até, mecânica de aeronaves. Era um debatedor convicto e multitarefas, daquele tipo que se achava capaz de bater o escanteio e, ele mesmo, cabecear para o gol.

Tinha, para si, que seria impossível perder alguma argumentação com tamanha certeza de seu método dedutivo dialético formal. Pelo menos era o que pensava o inocente cidadão. O bordão popular "sabe de nada, inocente!" cairia aqui como uma luva, para aquela sua fase de vida. Afinal, sua postura era digna de fazer Aristóteles revirar no túmulo (força de expressão, entendam!), pela singela, superficial e distorcida interpretação de suas obras – até então, não lidas – sobre lógica (Órganon).

Bom. Dos males, o menor. Era só alguém em crescimento, achando que já havia desenvolvido seu intelecto até o ápice da técnica da argumentação e do convencimento. Era um bacharel de direito que se projetava, desde os primeiros anos do curso, como "o advogado", daqueles já prontos e acabados (se é que existe algum profissional assim, no mundo real). No pensamento e nos comentários de seus convivas, sua imagem transitava entre as alcunhas de esperto, chato e tonto. Fase divertida e, graças a Deus, de pouco potencial de nocividade social, principalmente porque ainda não era época do jogo efetivo, mas, apenas de mero treino para a vida profissional.

O fato é que o rapaz formou-se bacharel, foi logo aprovado no exame da Ordem dos Advogados do Brasil e, então, abriu seu escritório no centro da cidade. Agora não era mais o momento de discutir sobre as relações de Tício ou de Mévio, dos livros clássicos de Direito. Chegou a hora da verdade, com problemas, dramas e expectativas de clientes reais. Argumentar juridicamente passou a ser um jogo disputado de tênis, com ataques e defesas vindos incessantemente dos causídicos de ambos os lados da contenda. E, para piorar, tinham os juízes e os tribunais, proferindo decisões que sempre desagradavam uma das partes (e, de forma não rara, conseguiam a proeza de contrariar as expectativas de ambas).

Tudo isso, contudo, não diminuiu um milímetro sequer do ânimo e da dedicação do jovem advogado, como, aliás, deve ocorrer com nossas escolhas de vida, principalmente nesta fase inicial da carreira. O moço estava mais afiado do que as antigas facas Ginsu, que eram exibidas nas propagandas televisivas dos anos noventa.

Primeiro caso da vida profissional. Acidente de trânsito, destes triviais, onde ninguém se machucou, mas sobraram prejuízos materiais irreparados e muito bate-boca no meio da rua. O cliente chegou apreensivo no escritório, dizendo que seu veículo foi abalroado na traseira. O homem queria seguir contando os detalhes do infortúnio, mas o causídico nem esperou o resto da conversa e garantiu vitória na causa. Segundo ele, *"todo mundo sabe que quem bate atrás, paga"* (lá estava, mais uma vez, uma de suas premissas maiores, novamente tida como absoluta e inabalável, ao menos em sua visão). Pegou os dados necessários para redação da demanda e, em sua petição, bateu firme no raciocínio – para ele, mais do que lógico – de que, se outro motorista bateu atrás do carro do seu cliente, teria que pagar os prejuízos. Simples assim!

Ação ajuizada, audiência marcada e, naturalmente, a defesa refutou sua tese inicial. Para sua surpresa, tiveram a pachorra de sustentar que a culpa teria sido do carro da frente. Quando ouviu tal versão de contraposição, logo interrompeu a audiência e, com certa prepotência, esbravejou: *"Pela ordem, Excelência. O argumento chega a ser risível, para quem confessadamente bateu atrás!"*. E não é que o mundo é uma caixinha de surpresas, mesmo. O jovem advogado teve que assistir, com espanto e impotência, seu cliente, em depoimento, contar ao magistrado aquilo que não havia conseguido dizer na entrevista: *"Era uma subida, muito íngreme e, quando o sinal abriu, meu carro realmente deu uma decidinha, não vou mentir"*. A cereja do bolo foi a testemunha trazida pela outra parte, que, tendo presenciado a tudo, disse que viu o carro da frente descer quase dois metros até bater no de trás, que simplesmente ficou parado, buzinando, sem ter muito mais o que fazer. Como arremate, a testemunha não se furtou em soltar uma pérola de comentário, com leve tempero de ironia: *"Olha, doutor, se me permite, foi uma baita barbeiragem do carro da frente mesmo, viu!"*. Foi a bola levantada para uma sentença de improcedência, que foi lida na presença de todos.

É! Forma dura de entender como é o sexto ano da faculdade. A dificuldade maior foi explicar o resultado do julgamento para o cliente, que lembrava, insistentemente, da promessa de "causa ganha", daquela primeira entrevista.

De qualquer sorte, como dizem os sábios, as dores, percalços e decepções da vida são experiências necessárias e que nos servem de aprendizado e evolução pessoal. Afinal, o que seria do dente enfermo, se não doesse antes de perecer, em claro aviso de que carece de cura e tratamento?

A parte boa é que, de fato, a lição começou a ser aprendida pelo nosso caro amigo e amante da lógica. Aos poucos, trabalhando, estudando e, sempre aprendendo, foi conhecendo uma nova faceta da lógica, que, agora sim, cada vez mais prestigiava seus reais e primordiais propósitos filosóficos. Passou a usá-la como uma "ciência das leis do raciocínio", um método de validação dos argumentos e das proposições e, acima de tudo, como uma ferramenta preciosa para a busca da verdade, desde que sempre pautada pelo uso da razão. Percebendo – agora mais do que nunca – que nem tudo o que reluz é ouro, redobrou sua atenção diante de suas próprias premissas e também das premissas que os outros lhe apresentavam nas argumentações.

Fez mestrado e, com ele, veio de forma natural o ingresso no mundo da docência jurídica e da pesquisa acadêmica, ingredientes que lhe serviram para turbinar a mudança radical e positiva da postura de vida pessoal e profissional. Na academia, participava de bancas diversas. Numa delas, para a vaga de professor do curso de Direito, o candidato deveria ministrar uma aula simulada sobre o tema "sentença", perante a comissão de avaliadores.

Desvencilhou-se do encargo superando as expectativas. Sua preleção contou com uma oratória fluída, além de um discurso culto e assaz didático. Não obstante, um dos membros da banca, que tinha fama de "carniça", logo pediu a palavra e comentou sua preocupação com um raciocínio que o examinando havia externado, de que *"a sentença não era mais um mero silogismo"*. Questionou-o, em nítida cutucada: *"Ora, se a sentença não é um mero silogismo, então o juiz poderia, na sua concepção, desprezar ou alterar as premissas maiores (princípios ou regras, por exemplo), ou mesmo as menores (os fatos que lhe foram apresentados), de modo a chegar a qualquer conclusão que desejasse, de acordo apenas com suas convicções pessoais, ou seu puro arbítrio?"*

Com toda a calma e cortesia do mundo, o emparedado esclareceu que entendia que a interpretação e aplicação do Direito, numa versão mais humanizada desta arte, exigia três ingredientes essenciais: boa-fé, bom senso e técnica jurídica. Assim, comentou que a frase que havia citado – muito debatida e conhecida na doutrina – era apenas uma referência ao perigo de se interpretar sentenças como resultados matemáticos de solução única, como se todas as decisões devessem ser submetidas à prova dos nove, para aferição de sua validade e compatibilidade, diante de uma suposto resultado único e verdadeiro existente. Se assim o fosse, os magistrados poderiam ser substituídos por computadores que, após receberem os dados alimentados pelas partes, com um simples "enter", emitiriam uma filipeta impressa, com condenações e absolvições de todas as ordens. E, nesta linha de raciocínio, ainda ponderou: *"quem confiaria um dilema real de sua vida – como nos casos de adoção, guarda de filhos, ou acusações de crimes dos mais variados – nas mãos de um julgador algorítmico, frio e sem alma?"*

E seguiu com sua argumentação lembrando que as premissas maiores, princípios e regras, sujeitam-se à interpretações por critérios técnicos, que devem se pautar pela aplicação dos preceitos constitucionais abstratos em cada caso concreto, respeitando as idiossincrasias e o ineditismo dos dilemas da existência humana. Mesmo os fatos apresentados em Juízo (premissas menores) são, no mais das vezes, controvertidos e, mesmo assim, sustentados com veemência, em suas versões díspares, de uma parte a outra. As provas produzidas nem sempre são claras e, mesmo assim, cabe ao julgador decifrar uma versão final para fundamentar a sua sentença. Neste balaio de gato, alguém teria a ingenuidade de imaginar que a verdade pura e real seja – sempre (ou, quiçá, alguma vez), encontrada? Enfim, a sentença, nesta realidade quase que caótica, nunca caberá num mero silogismo formal dedutivo, sob pena de se desumanizar a prestação jurisdicional e de se produzir, potencialmente, mais injustiça do que justiça.

Externou, ainda, seu entendimento de que a lógica seria um instrumento da verdade, mas que teria a razão como sua gêmea siamesa. Usar a lógica desacompanhada da racionalidade seria como dar arma carregada na mão de macaco. Ninguém poderia controlar o rumo do tiro!

Arrematou, pedindo permissão para um comentário mais descontraído. *"Essa história de acreditar piamente em qualquer silogismo, sem colocar à prova, antes, as respectivas premissas, eu, particularmente, comecei a colocar em xeque desde a mais tenra infância, quando minha mãe tentou me convencer que ´comer formiga fazia bem para a vista´. Ressabiado, questionei o motivo. Recebi dela, como resposta, o seguinte raciocínio: ´Ora, tamanduá não usa óculos, não é? E todo mundo também sabe que tamanduá come formiga. Assim, é lógico que comer formiga faz bem para a vista!´. Mesmo muito novo e imaturo, percebi que, ali, tinha gato na tuba! Desde então, comecei a desconfiar que nem todas as premissas são adequadas para atingir um resultado verdadeiro, uma sentença válida, ou mesmo um raciocínio correto!"*

A banca seguiu seu fluxo, em alto nível de debates e cordialidade. O candidato foi aprovado com louvor. Pouco tempo depois, num café com o novo colega, o velho e o novo professor, agora amigos, conversavam sobre banalidades e, também, rememoravam as discussões sobre lógica, na banca em que participaram.

Foi a deixa para o experiente professor confidenciar seu sentimento, naquele dia: *"Fiquei muito feliz e agradecido pela lição de razoabilidade e racionalidade que deu na sua aula teste. Queria eu ter aprendido mais sobre lógica na infância, pois minha mãe, vira e mexe, também vinha com essa de que ´tamanduá não usa óculos´. Na época, eu só ria. Feliz de você que desconfiou cedo da versão fácil da lógica das coisas!"*

TRAGÉDIAS E AMORAS VERMELHAS

Aristóteles, em sua célebre obra, Poética, diz que a comédia é uma "imitação de homens inferiores" e que a tragédia (tal como a epopeia), cuja composição é mais complexa, seria uma "imitação de homens superiores". Para ele, a tragédia é uma forma melhor de poesia, ou uma espécie de saga, que nos remete a grande aprendizado e à elevação espiritual. A predileção do filósofo estagirita pela tragédia é escancarada e dispensa maiores comentários.

Depreende-se, ainda, das lições de Aristóteles, que as tragédias retratariam homens de conduta intermediária ou mediana, que, para o bem da trama – e, provavelmente, também para dar liga à mensagem existencial das entrelinhas – em determinado momento de suas vidas, simplesmente erram em suas ações, metem os pés pelas mãos, pecam diante de seus valores morais e, assim, cometem a chamada "falha trágica" (elemento essencial e característico das tragédias). A vida do protagonista, a partir desta "falha trágica", começa a descambar para uma derrocada abrupta. As coisas transitam a passos largos, da felicidade para a infelicidade, da prosperidade para o infortúnio e, no mais das vezes, da vida para a morte dramática. Não é por menos que os espectadores das tragédias acabam suportando sentimentos peculiares, como os de aflição, terror e piedade.

É isso. Parece ser o suficiente, em termos de prolegômenos. Deixemos de lado a teorização clássica Aristotélica, para chegar ao que interessa: a vida e o drama real de Romeu, um cidadão dos dias atuais, de classe média, típico cinquentão, morador da capital, razoavelmente bem de vida, com emprego estável e contato com poucos e bons amigos. Após enviuvar novo, mas já com os dois filhos criados (casados e em rotas autônomas de suas vidas), tinha sua rotina restrita ao trabalho, pequenas saídas sociais, além dos passeios diários com Othelo, seu fiel cão labrador, com quem dividia, o apartamento e, também, algumas de suas confidências mais íntimas. Sim, Romeu era um daqueles tutores que batiam longos papos com seu animal de estimação e, em troca, recebia dele uma inequívoca cumplicidade, sem o mínimo traço de reprovação. Ao menos era o que demonstrava o olhar e o abanar de rabo de Othelo.

A história de Romeu, que retrataremos adiante, poderia muito bem começar com a letra da música "Mais uma de amor", da banda Blitz, que fez muito sucesso nos anos oitenta, cuja toada inicial era assim recitada: *"Essa é mais uma das manjadas histórias de amor / que já aconteceu comigo / com você e com todo mundo/ é a história de um cara que perdeu a gata / e da gata que perdeu o cara / Perdi meu amor...".*

Bom. Romeu não negava a etimologia de seu nome, que nos remete à um "romeiro", ou a um "peregrino que vai à

Roma", ou seja, alguém que ruma para um lugar santo e, portanto, está em busca da mais lídima e pura emancipação espiritual. Porém, tal como o Romeu de *Shakespeare,* sua peregrinação passou muito longe da esperada calmaria e da livração diante dos problemas.

A paixão veio antes do amor e teve, como cupido, as redes sociais. Na solidão de seu apartamento, nos momentos em que a cabeça vazia dava espaço para o funcionamento da oficina do capeta, Romeu atacava de Don Juan da *internet.* Aceitava amizades pela beleza das fotos das potenciais pretendentes e conversava com quem lhe parecia gente boa, sem filtros de outra ordem. Mantinha-se, por horas seguidas, nos chats e bate-papos do mundo romântico virtual. Eis que, de uma hora para outra, tudo começou a ganhar um andar (ou desandar, como queiram) mais sério. Isso aconteceu, para ser mais exato, quando ele conheceu Helena.

Não era aquela Helena da Grécia antiga, esposa de Menelau e que, segundo diziam as más línguas da época, não foi das mais fiéis e, em razão disso, teria desencadeado os dez anos da guerra de Troia. Não obstante, a Helena do nosso Romeu, também conseguiu fazer um grande estardalhaço em sua vida, até então pacata.

Helena parecia ser tudo de bom. Bonita, simpática, bem-humorada, amorosa, dentre outros predicados que saltavam da telinha e do áudio do computador e do celular, para o deleite presencial de Romeu, ao vivo e em cores. Pobre dele, o mais novo apaixonado da paróquia.

A dominação do cidadão foi paulatina. Começou pelo encarceramento do coração, seguiu com a fixação de laços de dependência na mente, expandiu para um arrochar de cabrestos nos contatos com familiares e amigos e, para sua desgraça derradeira, chegou a aportar no achaque de seus bolsos e de suas burras. A mulher pedia-lhe dinheiro que não acabava mais. Era sempre para sustentar seus caprichos elitizados, como viagens, joias, tratamentos estéticos dos mais variados, restaurantes de grife, bolsas e roupas que não falavam português, dentre outros mimos, todos solicitados com muita ternura e sensualidade.

Romeu estava, à olhos vistos, sucumbindo, física, psíquica e financeiramente. Seu semblante de paz não existia mais. As únicas fotos que mostravam uma versão um pouco mais alegre, eram as publicadas pela sua amada sanguessuga e, ainda assim, após a aplicação daqueles filtros mágicos, que endireitam quase todas as feiuras e são capazes de transformar o Freddy Krueger no Brad Pitt.

A família ficou extremamente preocupada e, em especial, os filhos, que tentaram uma conversa franca com o pai. Este, inebriado pela paixão revestida de amor, tratou a todos nos cascos e, cada vez mais, distanciava-se deles. Os entes queridos diziam que era exatamente isso o que queria a aproveitadora. Romeu, por sua vez, retrucava que estavam todos com ciúmes de sua felicidade e que não queriam permiti-lo à vivência de um segundo amor. Enfim, ninguém escutava ninguém e todos ofendiam a todos. Na alcova, Romeu recebia o conforto das palavras e dos carinhos de sua amada, que sempre renovava as juras de plena felicidade naquela vida a dois (ou melhor, restrita aos dois).

Tudo continuava de mal a pior. Um grande amigo e compadre, de apelido Nino, condoído com a situação, começou a tentar acompanhar a vida do casal e, com lente de aumento, passou a monitorar a conduta da pretendente à consorte de

Romeu. Agia sempre discretamente, sem demonstrar mínima indisposição ou contrariedade àquela união dos pombinhos. E não é que deu certo!

Passados alguns poucos meses, Nino convidou Romeu para colocar o papo em dia, na sua modesta e aconchegante chácara, que ficava próxima à capital. O amigo relutou, mencionou compromissos agendados por Helena, mas, ao final, cedeu ao convite. A jovem amante, desta feita, teve que engolir a seco.

No dia, foram conversando amenidades. Chegando à chácara, acomodaram-se, almoçaram, tomaram umas cervejas artesanais que o compadre costumava fabricar, tudo dentro da mais tranquila e saudável convivência que, aliás, sempre foi a tônica entre ambos.

Nino, então, acomodou-se aos pés de uma bela amoreira, carregada de frutos bem vermelhos. Chamou o amigo que, de pronto, atendeu. Pediu sua especial atenção e disse que, naquele momento, precisava falar e ser ouvido, sem qualquer interferência. Disse que lhe contaria duas histórias para, depois, deixar o compadre pensar e agir como quisesse. Romeu, demonstrando certa curiosidade, concordou.

Primeiro Nino contou brevemente sobre o mito de Píramo e Tisbe, da Grécia antiga. Ele, o mais belo jovem e, ela, a mais formosa donzela da Babilônia, moravam em casas vizinhas. Apaixonaram-se, mas, o amor que nutriam um pelo outro foi simplesmente proibido pelos seus pais. Falavam-se por uma fenda que descobriram na parede que dividia as residências. Combinaram, então, uma fuga noturna, com encontro no túmulo de Nino (antigo rei da Assíria e, não por coincidência, alcunha do compadre que lhe dirigia aquela oratória), que ficava junto a uma amoreira de frutos brancos. Tisbe chegou primeiro e avistou uma leoa, com a boca ensanguentada por uma presa recém devorada, o que a fez fugir rapidamente, deixando seu véu cair. A leoa, então, estraçalhou o véu, manchando-o de sangue. Quando Píramo chegou, viu as pegadas do felino e, também, o véu de sua amada dilacerado e sujo de sangue. Achando-se culpado pela morte de Tisbe, mergulhou sua espada no próprio coração. O sangue jorrou e tingiu as amoras de vermelho e, escorrendo pela terra, atingiu também as raízes e, por estas, irrigou todos os seus frutos. Tisbe, ao retornar, inconformada, também se matou com a mesma espada. Desejou que fossem enterrados juntos, de modo que os frutos vermelhos ficassem como memória do sangue derramado, em razão do amor proibido. Os pais atenderam a manifestação de sua última vontade e, até os dias de hoje, a árvore continua a dar frutos vermelhos.

E, antes de Romeu questionar onde o compadre Nino queria chegar, este tomou fôlego e seguiu com a segunda parte da prosa a que se propôs. E assim o fez:

"Então, meu querido e fiel amigo. Os mitos sempre nos ensinam algo, principalmente os trágicos. Peço licença para falar agora da sua vida. É que uma *verdadeira tragédia, tal como a de Píramo e Tisbe, está prestes a ser novamente encenada nos dias de hoje. E, lamento informar, vem sendo rodada exatamente no meio da sua história com a Helena. Essa moça não te ama, mas, está a se aproveitar de seu bom coração e de seus sinceros sentimentos. Conseguiu transformar sua paixão inicial em amor cego e escravo, como que num passe de mágica. A resistência manifestada pelos seus filhos, tal como ocorreu com a proibição dos pais de Píramo e Tisbe, provavelmente teve efeito inverso e, na verdade, serviu de combustível à sua paixão e à união com Helena. Mas, não se*

engane, o cenário de felicidade que ela construiu ao seu lado é tão falso quanto à morte de Tisbe nas garras da leoa. Não passa de impressão passageira e, no seu caso, ardilosamente construída e alimentada pela própria Helena. Acreditar na morte de Tisbe, pela leoa, foi a "falha trágica" de Píramo. De forma paralela, sua crença no amor e na fidelidade de Helena é a sua "falha trágica". E não pense que eu estou, aqui, querendo o seu mal ou falando de xereta. Aproximando-me de você e dela, percebi que havia algo de errado e resolvi seguir um pouco mais de perto a sua amada Helena. E, qual não foi a minha surpresa, ao constatar que ela mantinha uma relação paralela. Eis as fotos! Olha a cara do malandro! Após isso, fui conversar com um conhecido amigo, que trabalha com investigação particular. Em poucos dias, vieram novas e desagradáveis surpresas. A moça não se chama Helena e é uma estelionatária do amor, uma criminosa profissional. Já responde até a processo em outros estados, por situações de engodo e exploração, muito parecidas com a sua. Aqui estão todos os documentos. Paro por aqui, mas peço que veja tudo e reflita!"

Ele olhou as provas e, com um misto de constrangimento e espanto, chorou muito. Pouco falou. Num primeiro desabafo, prometeu matar Helena, a quem chamou de "desgraçada", mas, em seguida, admitiu que não era disso. Conversaram os detalhes necessários para o desenlace daquele engodo. Romeu, ao fim e ao cabo, confidenciou que, foi melhor assim. Ao menos foi alertado do embuste e percebeu a sua falha (trágica, que seja) ainda em tempo de evitar um mal maior. Pelo menos não chegou a experimentar o deslinde fatídico das tragédias típicas da dramaturgia clássica.

Nino, agora mais aliviado e com a sensação de dever cumprido, também desabafou: *"Olha, querido amigo e compadre, não lhe trouxe aqui à toa. Veja a cor destas amoras: já são bem vermelhas. A lenda da metamorfose da cor dos frutos da amoreira, pelo sangue, se é que existiu, ficou no passado. A tragédia de Píramo e Tisbe serviu, aos seus pais, de duro aprendizado, até porque custou a vida dos próprios filhos. Sinta-se privilegiado por ter protagonizado uma tragédia dos tempos modernos, onde o aprendizado não custou vidas, mas apenas uma parte do seu patrimônio e, com o perdão da sinceridade, o nascimento de um belo par de chifres!"*

PROBLEMAS COM O GRUPO DE WHATSAPP? CHAMA O HERMES!

Os problemas da sociedade sempre foram os mesmos, desde os primórdios. Mudam os meios, mudam as pessoas, mas, o que de regra faz entornar o caldo é a difícil arte de se relacionar com os outros, de observar e cumprir limites de todas as ordens (legais, éticos ou sociais, por exemplo), ou, simplesmente, de tentar lidar e tolerar as adversidades e pensamentos que não nos são simpáticos.

Jesus Cristo, que foi Jesus Cristo, não agradou a todos e, em sua época, cumpriu sua Sina Sagrada, foi crucificado, morto, sepultado e o resto da história todos já sabem. Sócrates debatia com os sofistas e, de prêmio, foi considerado um subversivo pensante, mau influenciador dos jovens de sua época, o que lhe rendeu uma indigesta condenação à talagada mortal de uma dose de cicuta. Boécio (exatamente aquele que foi consolado, no cárcere, por ninguém menos que a Filosofia), na vida política, resolveu impor seus preceitos de retidão e virtude e, assim o fazendo, acabou por desagradar aos poderosos da época, foi preso e torturado até a morte.

Enfim, já passamos por escravidão, guerras, pandemias e, por incrível que pareça, não há santo que dê jeito de tudo isso não vir a tona novamente nos atuais "tempos modernos". Não importa se evoluímos na comunicação, na tecnologia, na proclamação de direitos fundamentais, ou mesmo na edição de leis para todos os gostos. O egoísmo, a corrupção, a ganância (e os vícios do individualismo, em geral) são penetras permanentes nesta linha do tempo e na história do homem, muito embora apareçam, vez ou outra, disfarçados em novos trajes e trejeitos globalizados.

E, para não ficarmos presos em tragédias grandes, podemos também citar os problemas menores (classifiquemos assim, por critério comparativo), como as intermináveis brigas ferinas, nos grupos de whatsapp de todos os tipos de comunidades.

Se o grupo é da Igreja, há os que querem apenas divulgar notícias e assuntos de fé e, de outro lado, os que fazem questão de dar "bom dia", todos os dias. Uma parte boa do público quer partilhar alegrias e tristezas pessoais, desabafar, reclamar da vida ou do trabalho. Alguns mandam memes fofinhos e, naturalmente, há os que não perdem a oportunidade de provocar seus convivas com discussões políticas extremistas.

Já no grupo da família, a adolescente vegana fica mordida com a publicação do tio vidrado em churrasco e carnes exóticas. A cunhada, no papel de zagueira de seu marido cativo, não deixa passar uma oportunidade de cercear a participação deste em confraternizações e, vira e mexe, leva uma alfinetada de seu cunhado (o irmão do tal cativo), com frases do tipo: "se a Fulana participar, ou deixar o Fulano ir desta vez, é bom alugar uma tenda, porque vai chover". E, para amenizar o vespeiro criado, ainda coloca um irônico "kkkkk", no final do comentário.

E não é que, numa determinada associação tradicional, filantrópica e educativa, voltada ao bem estar e aprimoramento de seus membros e, também, a fazer o bem para a sociedade em geral, a conhecida polêmica dos grupos de whatsapp virou uma guerra de opiniões e intenções. Isso gerou um movimento reativo dos gestores que, para tentar atender aos anseios dos envolvidos, pularam da liberdade total de manifestação, para a restrição rígida de acessos e comentários. Esse pêndulo oscilou de extremo a extremo, da flexibilização ao rigor, do mando ao desmando, tudo longe do que se pode considerar um consenso ou a esperada harmonia.

E, pasmem, justo lá é que foi acontecer esse tipo de conflito! Logo onde os participantes são pessoas presumidamente maduras, lúcidas, bem formadas e dotadas de bom senso! Bem, em relação ao bom senso, foi exagero nosso também relacioná-lo, pois em todas as tribos, lugares, classes e ambientes sociais, os cidadãos, sem uma única exceção, não só se acham que são dotados de absoluto e fortalecido bom senso, mas também têm certeza da suficiência da respectiva dose Divina que lhes foram conferidas, desde o nascimento. Naquela comunidade não seria diferente. A presunção soberba de posse plena de um exímio bom senso parece ser uma doença universal.

Mas, retomemos. O grupo de whatsapp, de proêmio, era único e, quando criado, nem mesmo era chamado de "oficial". Tal epíteto veio depois, quando as mensagens estranhas aos fins da associação começaram a chover a cântaros, atrapalhando o objetivo originário daquele veículo de comunicação. Daí, os gestores resolveram criar dois grupos: o oficial, onde só a Diretoria fazia postagens; e o outro, este sim livre, para amenidades e outros que tais.

Em pouquíssimo tempo, uma corrente de pessoas, ostentando a bandeira da liberdade plena, começou a lançar contundentes críticas aos "censores" e "cerceadores" da livre comunicação dos membros da associação em geral. Ao mesmo tempo, muitos não gostaram da avalanche de publicações pornográficas, políticas, ou, simplesmente, de inutilidades e piadelas indesejadas, que se proliferaram neste grupo, em meio aos assuntos ditos sérios.

A Diretoria criou, então, outros grupos paralelos e especializados e de temas restritos. O grupo "proibidão", para os mais pornográficos (diga-se, não institucional); o grupo da "política", para os debatedores ideológicos mais radicais; o grupo das orações e ajudas mútuas, aos afinados nesta sintonia; além de um grupo cultural, cujo mote dispensa maiores comentários.

Ao fim e ao cabo, ninguém ficou contente. Os que antes não gostavam de um só grupo, agora passaram a odiar a multiplicidade de grupos. Os que eram adeptos de mudanças, começaram a pedir o retorno da concepção originária, sem admitir o arrependimento pelas críticas do passado. Uma boa parcela bradava reiteradamente um "abaixo qualquer censura", confiando que deveria reinar somente o famoso e farto bom senso dos participantes.

E aí? Qual a solução? Haveria alguma chance de agradar liberais e conservadores, gregos e troianos, mineiros e baianos? Essa resposta, se existisse, certamente valeria ouro. Mas uma coisa não se pode negar: as decisões da Diretoria, tentando contemplar os anseios de um ou outro grupo, oscilaram do oito ao oitenta, sem conseguir achar um ponto de equilíbrio. Aliás, achar este "justo" meio termo, nunca foi tarefa fácil. Aristóteles, que bem tratou disso em sua obra "Ética a Nicômaco", que o diga.

Mas, com o devido respeito que merece Aristóteles, tentemos uma ajuda também clássica, mas, de um tempo ainda mais remoto. Vamos ao antigo Egito, pedir auxílio a Hermes Trismegisto, o três vezes iniciado! Para ser mais exato, a proposta é de reflexão sobre um de seus sete princípios herméticos, retratados na obra "O Caibalion" (publicada originalmente em 1908), princípios estes que tentam justificar toda a lógica de funcionamento do universo. Estamos falando do princípio do ritmo.

Segundo Hermes, *"o Mestre em Hermetismo se polariza no ponto que deseja repousar, e então neutraliza a Oscilação Rítmica pendular que tenderia a conduzi-lo ao outro polo."*

A lição é muito clara e realmente diz muito sobre a nossa realidade. A tendência natural das coisas é a oscilação, como se fosse o vai e vem de um pêndulo. Com a mesma força que se carrega o pêndulo para um dos lados, segue-se o retorno para o polo oposto. Daí porque a nossa briga constante para achar um ponto de neutralização e equilíbrio, que minimize a intensidade das oscilações e os impactos do fluxo e refluxo das forças radicais.

Feita a viagem reflexiva acima, voltemos à Terra. No grupo de whatsapp daquela associação, o pêndulo começou em alto grau de intensidade, no polo da liberdade plena. A reação foi natural e, em pouco tempo, o pêndulo migrou forte para o polo oposto, resultando na criação de vários grupos, com temas específicos e regras extremamente rígidas.

No calor das emoções, ninguém percebeu o movimento rítmico e pendular que se operou e que, infelizmente, acabou por interferir na costumeira convivência fraternal daquela comunidade. Sem o diagnóstico correto do "intenso e incontrolado efeito pendular do ritmo", os envolvidos não tiveram condições de achar o tão esperado ponto de neutralização.

Fica, então, a dica do Hermes (com o perdão da intimidade) para a Diretoria da associação e para os gestores em geral. O universo segue o princípio do ritmo. As oscilações e os impactos, de um extremo a outro, tendem a ser fortes e de efeitos indesejáveis. A neutralização é o remédio, mas, somente pode ser ministrado por quem, de forma equidistante, consegue se elevar e se distanciar das paixões radicais de um ou de outro polo. Um verdadeiro gestor ascende ao vértice do pêndulo e, de lá, a tudo olha com sobriedade, sem interesse ou posição apriorística pessoal, para que, apenas então, possa propor soluções de meio termo.

Fácil? Não, sem dúvida! Mas se a vida tivesse gabarito, já estaria nas bancas, em uma única folha plastificada, resumida em dez lições para se viver bem e em paz. Se bobear já tem! Agora, como diz o outro, se presta, "são outros quinhentos cruzeiros!"

A VIDA E SEUS COMBOS

Combo é um negócio realmente intrigante. Etimologicamente, deriva do inglês *combination* e, em nossa abreviação tupiniquim, a expressão virou sinônimo de uma espécie de estratégia de *marketing* agressiva e diabólica, que visa iludir o coitado do cidadão, em todas as frentes de consumo e, também, nas escolhas de sua própria vida.

A lógica é simples, conhecida, mas, solenemente ignorada pelos consumistas, viciados em novidades ou nas atrativas "vantagens" midiáticas da última moda. Aparentemente, os combos sugerem a vantagem de se pagar um só preço e levar vários produtos agregados, grande parte dos quais ninguém quereria ou compraria, em condições normais de temperatura e pressão.

A situação é tão inusitada, que o adquirente de combos, de duas, uma: ou se sente conscientemente enganado, sem opção e, vez ou outra, com raiva e o ódio, tudo ao mesmo tempo; ou simplesmente ignora o engodo imiscuído na aparência da "bela viola" que lhe foi oferecida (que, lembre-se, assim o é apenas por fora, já que, por dentro, mais parece o tal do "pão bolorento").

É um sentimento muito parecido com aquele frequentador de cinemas dos *shoppings* que, querendo comer uma pipoca, tem apenas três opções: a pequena por R$ 18,00, a média por R$ 19,00 e a grande por 20,00. A raiva vem da ciência de que você está sendo enganado e deixado "sem opção" (a não ser a de não comer a dita cuja, que infelizmente combina com o cinema). E, vendo-se forçado a levar a grande, pela diferença ínfima em relação à pequena, o ódio vem à reboque, já que, com tanta pipoca salgada, surge a necessidade de acompanhamento com água ou refrigerante, oferecidos também nos tamanhos pequeno, médio e grande, pela bagatela de mais R$ 13,00, R$ 14,00 ou 15,00, respectivamente. É nesse momento que nos empurram um combo, composto por uma pipoca média, um refrigerante pequeno, além de uma bala de sabores sortidos (a qual, todos sabemos, vem com mais gomas de abacaxi do que de morango), por módicos R$ 35,00. A esta altura do campeonato, como as opções são o fogo ou a frigideira, as contas ficam em segundo plano e é só "escolher" um ou outro, sair com tudo abraçado e caindo pelas bordas, para não perder o horário do filme.

Os combos não foram feitos apenas para te enganar, mas também para te aprisionar. Entrar é fácil, porém, sair é um tormento. Para ter acesso aos canais de televisão por assinatura, novamente podemos "escolher" as várias opções. Se for a mais simples, tenham certeza que, no mês seguinte da assinatura do contrato, começam a fazer a promoção de outro combo, melhor, por um preço promocional mais atrativo, mas, só para novos clientes. Para os antigos, restará suportar as inúmeras ligações diárias oferecendo mais uma linha de celular, *internet* ilimitada, ou canais extras para assistir aquela bomba do Big Brother Brasil, vinte e quatro horas por dia. Tem, ainda, outros detalhes sórdidos. Cedeu e assinou, fidelizou por no mínimo doze meses, sob pena de multa. Se passou a carência mínima e tiver a intenção de cancelar, separe uma semana para, por várias horas de cada dia, ficar na linha dos 0800 da vida, escutando gerúndios intermináveis, atendentes chatos (não por opção, mas, por dever de ofício), que entoam sequenciais *scripts* longos e inúteis; tudo, enfim, programado para que você desista de desistir e continue cativo da operadora.

Lanche, então, nem se fale. Não há regime que resista. Comprar só o sanduíche é um parto em qualquer rede de *fast food*. O lanche, em si, é mais caro que o combo com a batata frita e a bebida. E o combo é mais caro que o que deveria custar os três produtos separados, se não houvesse essa lógica de exploração pela falta de opção. Ainda tem a oferta do lanche de costela, que, pasmem, não é feito à base de costela, mas que tem cheirinho da dita cuja. O sortudo, nestes estabelecimentos, é o que vai sem criança e consegue livrar-se da venda casada do bonequinho, do monstro ou do herói da moda.

Mas, deixemos de lado este mundo maluco de consumo. Vamos ao mundo a ser vivido, por todos e cada um de nós, numa escala evolutivo-existencial, desde o nascimento até a morte. Pensando bem sobre esta nossa trajetória de vivência (ou de mera sobrevivência, para alguns), estamos sempre às voltas com a possibilidade de aquisição de combos de "estilo e propósito de vida", que podem, ou não, ser agregados à nossa existência. A depender de nosso livre arbítrio, da escolha sobre o que queremos, ou mesmo, da opção pela manutenção, descarte ou troca destes combos de vida adquiridos (ou que nos foram empurrados à força), facilmente derrapamos da virtude para o vício, da alegria para tristeza, ou do egoísmo para altruísmo. Isso tudo, talvez, seja o termômetro para uma trajetória de vida com ou sem propósito existencial.

Pensemos nos nascituros. São seres que vêm ao mundo com um combo existencial básico que aqui rotularemos de "combo ser humano". É um combo bem honesto, ingênuo, despretensioso, desprovido de vícios ou maldades, como, aliás, deveria ser o pano de fundo do filme da vida de todos nós (utópico, não!). Como ainda não usam do livre arbítrio (apenas sofrem pelo mau uso, pelos que os cercam), estes pequenos, sem nem mesmo saber para que vieram nesta existência, são dotados de um poder natural de gerar energia positiva e afeto a todos os ambientes em que estão. Pais e mães transbordam amor e força para criá-los e protegê-los. Maldosos, diante deles, ficam abalados por sentimento de compaixão. Até os rostos, rotineiramente sisudos e carrancudos, derretem-se em piscadelas e beijos melados direcionados aos "cara de joelho".

É claro que tudo isso vai mudando aos poucos. Mas, a mais drástica guinada vem com a adolescência, quando vários amigos – e, também, a mídia – começam a oferecer o combo da "sobrevivência em grupo". Seus ingredientes são a necessidade de inclusão em alguma tribo, o sentimento de que se é o dono da verdade e, também, de que se é o exímio (e, quiçá, o único) detentor da mais plena razão. Alguns pacotes oferecem, de brinde, a conivência com pequenas maldades (sem drama de consciência), bem como a revolta gratuita contra os pais, Deus e o mundo. Dizem que esse combo foi desenhado na agência de *marketing* do próprio tinhoso e que os vendedores foram por ele treinados à exaustão, com metas duras e técnicas das mais nefastas, voltadas ao convencimento da vítima da vez. A satisfação de prazeres pessoais (individuais ou em grupo) é a palavra de ordem para os consumidores contumazes deste pacote. Alguns, de tão apegados, envelhecem e nunca se desvencilham da assinatura desta cômoda modalidade de vida.

Grande parte, porém, com a maioridade, incorpora um novo combo de vida, que é uma ampliação do anterior, ou seja, uma oferta mista de "prazer e profissionalização" (obviamente, para benefício próprio). Estudo e trabalho, nesta fase de pseudomaturidade, juntam-se aos ideais de riqueza e sucesso que são vendidos, na sociedade, como o único caminho para o paraíso na Terra. É uma catarse, tal como a provocada nas antigas propagandas do malboro. Nesta fase, é difícil conseguir usar a razão e o livre arbítrio. Somos levados por uma forte correnteza de "obrigações" e de necessárias "diversões", como uma embarcação à deriva, sem ninguém no controle do timão. Acabamos empurrados pelo fluxo de uma multidão de consumidores do mesmo pacote, como se estivéssemos sendo carregados, sem os pés no chão, por um mar de gente, no túnel de saída do estádio, após uma final de dérbi. Desde os últimos anos do ensino médio, até o curso profissionalizante, graduação ou pós gradução, somos doutrinados a seguir a tal cenourinha na frente do burro, para sermos os bons e, quiçá, os melhores. É uma fase de inúmeros picos de emoção, sentimentos e frustrações, seja no trabalho, seja no estudo, ou mesmo em momentos de diversão. Tudo, ainda, porém, sem um propósito de vida definido.

O combo seguinte, para os vários que não se prenderam ou viciaram nos anteriores, é o da "família". Diante de certa estabilidade profissional ou, quem sabe, apenas a partir de um simples pé de meia, já se pode pensar num combo melhorzinho, de aproveitamento coletivo. Casar, juntar, amigar, ter filhos, cachorros, gatos ou papagaios é uma quebra de paradigma. É, provavelmente, o primeiro combo de vida que nos autoriza a pensar no nosso real propósito existencial. Começamos a perceber que, no mínimo, temos um papel de bem criar e formar os nossos. Mais ainda, passamos a ter a clara noção que, se não influenciarmos positivamente a sociedade que nos cerca (o que deveria ser uma noção inata a qualquer ser humano), todos serão prejudicados, inclusive a nossa família, amigos e os entes queridos. É bom que se diga, que a versão mais completa deste combo – que vem com recursos de filantropia, religiosidade, generosidade e trabalho social – não é "o *top* de vendas", pois, com isso tudo, viver fica, aos olhos da massa de consumidores, muito mais caro e difícil. Por outro lado, os que adquiriram e pagaram o preço, tempos depois, na pesquisa de opinião, reputaram-no o mais justo e perfeito de todos.

Com a melhor idade (olha como fomos, agora, politicamente corretos), ao menos numa vida bem vivida, dizem que o ser humano retoma algo muito parecido com o combo básico que ostentava no nascimento. Desprende-se de tudo o que não lhe serve e passa a dedicar-se àquilo que realmente lhe é valoroso. Nesta fase, dinheiro, bens, sucesso, são bem vindos, mas, não são essenciais e não estão em primeiro plano. A maturidade revela que a felicidade está na obra bem feita, nos filhos criados com saúde e caráter, nos netos que alegram a alma e, por tabela, também assim o serão e, também, na alegria da ajuda social bem prestada. Espera-se que a experiência e o aprendizado tenham trazido a calmaria e a parcimônia (dizem que sequer é preciso mais contar até dez, como antes). Vem, ainda, o jeito amigo e amistoso de se comunicar, o que agrada a todos e, principalmente, ao detentor de tais predicados. Ou seja, se a vida que foi bem vivida e aprendida (em que pese e até em razão seus vários percalços) autoriza, agora, a escolha pelo combo da "melhor idade", que se pauta pela mais pura e valiosa simplicidade. É claro que não é um tempo só de flores, mas, deixemos de lado, ao menos nestas mal traçadas linhas, as agruras desta fase derradeira de nossa existência corpórea, para falar do que pode ser belo.

Pois é. A maturidade, a razão e o livre arbítrio, com o passar dos tempos, ficam mais lapidados e nos revelam, antes tarde do que nunca, o real propósito que nos foi destinado pelo Divino. São ferramentas de ouro, para quem prefere escolher os combos da vida, em vez de ser escolhido por eles.

Para encerrar, pensemos no lado positivo disso tudo. Nesta fase final (e talvez a melhor) da vida, a idas ao cinema não precisam ocorrer em horários de pico ou dias atribulados de lançamento. Tal programa também poderá ser adoçado com uma isenção do ingresso ou com o pagamento de meia entrada, o que, pelo menos, fará diminuir a raiva quando lhe oferecerem o malfadado combo das pipocas. Bom filme! Boa vida! E que seja bem vivida!

NOSSA EXPERIÊNCIA COMO FIDÍPIDES!

Pensem num cidadão relativamente novo (para a expectativa de vida longeva atual), atleta na época do colégio, com transição para o sedentarismo e a engorda entre a faculdade e o início de sua atividade profissional. A desculpa sempre foi a necessidade de "dar o sangue" no trabalho, enquanto tinha saúde para tanto. Fazer o quê? É um paradoxo comum vivenciado por vários de nós, imaginarmos que, em determinada fase da vida, precisamos queimar a saúde para fazer patrimônio, como se a implacável lei da causa e efeito não cobrasse a conta, no futuro.

A consciência veio antes tarde do que nunca. No início da meia idade (e não importa muito precisar o número que isso representa), alguém lhe disse que deveria voltar a fazer academia. Gostar mesmo, não gostava, ia sob grilhões, sofrer carregando halteres, esticando elásticos e balançando cordas pesadas. Vira e mexe, ouvia risos dos bombadões, que debochavam se o matusquela barrigudinho estava ali fazendo treino ou só fisioterapia.

Mas, a experiência foi válida, ao menos a partir do ponto em que um iluminado professor resolveu montar um grupo de corrida, que estreou com poucos participantes, todos jejunos, salvo um ou outro que já praticava timidamente o ofício.

A primeira sensação foi de "o que estou fazendo aqui?" e, pouco tempo depois, veio o sentimento de "nesta altura do campeonato nunca vou conseguir dar uma volta, por fora, na Lagoa do Taquaral", como faziam alguns. O fato é que, com um pouco de tempo, técnica e injeção de ânimo dos novos parceiros de corrida, as voltas no quarteirão da academia passaram a dar espaço para o percurso inteiro da dita Lagoa do Taquaral (de quebra, emendando o entorno da praça Arautos da Paz) e, às vezes, até com treinos de rampa, na subida e descida da íngreme rua da caixa d ágüa, por repetidas vezes. Expressões como "pace" (medição dos minutos por cada quilômetro corrido), passaram a fazer parte do cotidiano da galera. Era uma batalha deliciosa para aumentar a distância e diminuir o "pace", mas sem dramas de consciência, naturalmente.

Bom. Participar de jogos e esportes de contato, a partir de certa idade, é pedir para ter lesão e acabar no departamento médico, com um longo período de afastamento das atividades físicas. Há quem se aproveite desta estatística para, sem qualquer fundo científico (reconhecido, pelo menos), justificar que é por isso que reduziu o sexo para uma vez por mês, apenas no dia de pagamento, já que o dia do vale não contaria. Mas, isso é outra história, que não convém prolongar.

Falando sobre tais esportes de contato, o futebol é, sem dúvida, um divertimento e uma paixão nacional. O que estraga são as brigas, normalmente provocadas por pseudo craques de outrora, que ainda acham que são, aquilo que nunca foram no passado. As peladas são terreno fértil para carrinhos, pernadas e encontrões, tudo provocado pelos competidores desesperados, metidos a "beques de fazenda", que fazem de qualquer partida entre amigos, uma final de campeonato, no melhor e literal estilo "mata-mata", o que daria azo, em nome da vitória e de evitar o gol adversário, a mandar a bola para o mato e o atacante para o espaço.

Neste contexto de opções perigosas aos atletas seniores, é muito fácil apaixonar-se pela corrida, esporte democrático, relativamente barato, que não precisa de clube, quadra ou campo, mas apenas da rua, do espaço público e de poucos equipamentos, além de prudência e uma preparação física e muscular adequada.

Vieram, então, as competições que, na verdade, são corridas tradicionais e patrocinadas, onde alguns poucos competem pelos primeiros lugares, ao passo que muitos desafiam a si mesmo, tentando superar seus próprios limites. Ao final, todos ganham medalhas, brindes, abraços, sorrisos e muitos parabéns. Até nisso a corrida amadora é boa, pois, para a massa de seus adeptos, é uma das raras modalidades da vivência humana, onde não somos instados a sermos sempre os primeiros, ou melhores do que os outros. Quem está ali, como regra, quer melhorar seu desempenho a cada dia e, por uma estranha solidariedade inata no meio, fica feliz quando isso acontece também com os que estão à sua volta.

As provas eram de cinco, depois dez e, em pouco tempo, de vinte e um quilômetros. A primeira destas meia-maratonas, foi uma sensação de galgar o alto do pódio, pela simples conclusão do trajeto.

O professor, que a esta altura já não estava mais na academia (para azar desta), formou seu próprio grupo de corrida, levando seus dezessete alunos que o acompanhavam desde o nascedouro do projeto. Inspirado e carismático que só, na virada de cada semestre, o mestre perguntava qual era o objetivo pessoal de cada corredor do grupo. Uns diziam que era fazer uma prova curta, com um "pace" reduzido (sub cinco, por exemplo). Outros queriam fazer uma prova mais longa do que a meta anterior já atingida. E, para alguns, ele mesmo sugeria: "chegou a hora de uma maratona! Topa?"

Quatro dos participantes concordaram, com um certo receio do que viria pela frente e, até, da própria capacidade para superar mais esse desafio. Todos eram da geração "enta", entre as faixas dos quarenta ao sessenta.

Enfim, com a missão aceita, veio a preparação específica, mais dura, bem diferenciada e que exigiu bastante disciplina. Os treinos mais intensos e progressivos eram difíceis de serem conciliados com os horários de trabalho e com a dedicação à família. Amigos e familiares estranharam a dieta mais controlada e a restrição no ritmo cachaçada. Nas últimas semanas de treino antes da prova, as corridas passaram a ser praticamente diárias e todas superiores a dez quilômetros, sendo que os últimos treinos passavam dos trinta quilômetros. O volume semanal acumulado, então, somava quilometragem digna de fazer os de fora acharem que era mentira. Obviamente que a intensidade (o tal "pace") era deixado de lado, para viabilizar o atingimento da longa distância. Tudo, sempre, com muita hidratação, sachês de carboidrato (ou rapadura, para os corredores "raiz"), sal e, para enganar a mente, música no foninho.

Chegou o dia da prova, em São Paulo. Uma multidão de gente animava-se reciprocamente, cada um contando sua experiência e desejando boa sorte aos parceiros desconhecidos, em clara demonstração de que, ali, eram atletas amadores solidários, que não competiam entre si. Saída ainda no passar do escuro para o lindo amanhecer. Percurso belíssimo, pelo centro antigo de São Paulo, sem trânsito (ao menos de carros), mas, com naturais cenários de deterioração social nos prédios e ao longo das calçadas, o que não passava batido aos olhares laterais dos corredores.

Os quatro mantiveram-se firmes e cadenciados, paripassu. Um parceiro, dos mais novos do grupo, teve um estiramento no músculo da coxa e terminou a prova, da terça parte para a frente, andando arrastado. Depois, admitiu que não levou os treinos tão a sério e que, na véspera da prova, havia deleitado-se numa churrascada familiar. Dizem os mais entendidos que, assim, ele não teria mesmo condições de vencer a temida "barreira dos trinta quilômetros", o terror psicológico dos maratonistas iniciantes. Os demais, com o auxílio do professor dedicado (que estava no apoio, em cada ponto de hidratação combinado, para dar o suporte energético e emocional aos seus esforçados pupilos), cumpriram a prova.

Que delícia! Dedicação e suor, oferecidos ao universo com muito prazer, retornando em forma de um impagável sentimento de superação e crescimento pessoal. Visualizar a linha de chegada, após quarenta e dois quilômetros de prova e mais de quatro horas de corrida, foi um bálsamo. Um olhava para a cara do outro, abraçava o mestre e a palavra dita, quase que em coro, foi uma só: vencemos!

Ora, ora! A história é mesmo cíclica. Os fatos do passado são reencenados, de tempos em tempos, com novos personagens, em palcos inéditos, mas com dilemas muito parecidos. Sem saber, estavam aqueles parceiros do grupo de corrida repetindo, guardadas as devidas proporções, a cena final da clássica e lendária Batalha de Maratona, nos idos de 490 a.C., no contexto da invasão dos Persas, com o objetivo conquistar a Grécia, durante as guerras Médicas. Os Persas, com evidente superioridade numérica de combatentes, aportaram na cidade de Maratona e estavam prestes a empreender ataque rumo à cidade de Atenas. Os Atenienses, então, traçaram uma estratégia de combate diferente e, em vez de aguardarem e se fecharem na defensiva, partiram com seu exército para o encontro com os Persas, em Maratona. A estratégia foi cirúrgica e bem sucedida, de modo que os Persas, acuados e derrotados nos embates, fugiram para os navios que estavam na costa. Diante do êxito bélico, Fidípides foi designado para correr até Atenas e levar a notícia da vitória. Missão dada, missão cumprida, só que à duras penas. Fidípides correu mais de quatro dezenas de quilômetros (provavelmente nas cercanias dos quarenta e dois da maratona que conhecemos), chegou e conseguiu dizer uma única palavra – "vencemos" – e, ato contínuo, caiu morto, de exaustão. Graças ao seu feito, Atenas não precisou colocar em prática o plano que estava programado para o caso de derrota, conseguindo reestruturar-se defensivamente, evitando novas investidas Persas.

O simbolismo envolvido é assaz interessante. Não importa só o ato heróico de Fidípides, mas o que, para nós, pode representar sua trajetória, pautada em abnegada dedicação e inequívoco comprometimento, no enfrentamento consciente de todas as adversidades, de modo a conseguir, antes de sua morte, transmitir uma última e necessária palavra – de significado esotérico evidentemente sagrado – que acabou por sintetizar seu sentido de vida e, além disso, salvar a vida de muitos.

As duas histórias não têm em comum apenas a palavra final transmitida: "vencemos!", mas a reflexão sobre o propósito de nossas ações.

Competir contra Deus e o mundo (ao menos nos atos de vida, em geral) é um desiderato egoísta, que traz prêmios passageiros para um só, em detrimento da decepção e do sofrimento de vários. É um mal aculturado pelos manipuladores de massas, guardiões de interesses mesquinhos e de métodos indecorosos.

Agora, competir consigo mesmo, aí sim, é algo louvável. Pressupõe um olhar elevado, uma consciência do propósito altruísta, além de uma dedicação consciente para a instrução contínua e progressiva, do corpo, da alma e da razão. Quando batalhamos contra nossos vícios e limites, por mais incrível que possa parecer, não estamos sozinhos, mas exercitando o espírito de corpo, auxiliando nossos pares e, também, sendo auxiliados por eles.

Tal como Fidípides – por mais que alguns incrédulos não queiram aceitar – chegaremos à morte. Roguemos, então, que o fim dessa nossa maratona de vida na Terra, não seja marcado pela exaustão física, mas sim pelo cumprimento de uma sublime missão, que foi dada e traçada no gabinete superior do Criador. Somente o nosso livre arbítrio, nas ações de hoje, ditará o futuro. Alguns, ao final, bradarão um forte e honroso "vencemos!". Outros, porém, não terão bons frutos para inventariar e estarão limitados à sussurrar, lamuriosamente, um tímido "não foi desta vez!".

A LEI DA ATRAÇÃO... DO JAÚ!

Nas semanas antecedentes à nossa pescaria anual, tradicionalmente realizada no Pantanal do Mato Grosso do Sul, a ansiedade (para variar) nos consumiu fortemente o espírito, com a agressividade de um ataque de formigas lava-pés, subindo pelas canelas de um moleque descalço e desavisado, que pisou onde não devia.

Isso talvez se dê em razão da fórmula (não mágica, mas certamente esotérica) encontrada e partilhada pela parceirada, de transformar, sempre, nossas viagens numa verdadeira desconexão das agruras do cotidiano, viabilizando o salutar desfrute de momentos de incomensurável paz, natureza e convívio fraternal.

Com tantas energias positivas e causos hilários, desde algum tempo atrás, resolvemos, após o retorno de cada uma das últimas edições da pescaria, redigir uma modesta crônica, retratando as situações pitorescas vivenciadas em meio às aventuras e desventuras dos intrépidos praticantes da haliêutica pantaneira. Foi numa destas, aliás, que surgiu o nome da nossa turma de pescadores – "bodis e brodis" – grafada na camiseta feita especialmente para a viagem deste ano.

Devemos alertar, contudo, que a historieta que agora lhes será apresentada, como exceção às anteriores, não seguiu a tradição de ser redigida após a viagem. Na verdade, esta crônica teve o seu tema e o mote do título idealizados antes mesmo da viagem ocorrer. Estranho, não é? Expliquemos, pois!

Pois bem. Na semana anterior ao embarque, numa conversa de botequim, regada aos mais simples e saborosos comes e bebes típicos das melhores casas deste ramo, do nada, veio o assunto:

– Brother! Decidi que neste ano quero pegar um jaú! Já vi, em anos anteriores, um ou outro parceiro fisgando o bicho, mas, eu mesmo, nunca! Então resolvi que será agora, nesta pescaria, e pronto!

Não dá para entender como essas coisas sérias (ao menos para nós) descambam, em questão de segundos, para a sacanagem e a zoação, mas, foi o que novamente ocorreu. Nem mal o desejo foi externado, ecoaram gargalhadas para todos os lados. Ao final, pelo menos, um dos brothers, após ter cansado o abdômen de tanto rir, por provável dó do jejuno da pescaria, deu palavras de incentivo, garantindo que pegariam sim o cobiçado jaú.

Pois bem! Os dias foram se passando e, nos preparativos finais da viagem, começamos a trabalhar, intimamente, o dito desejo de pescar jaú, canalizando, para tal desiderato, as nossas melhores vibrações da mente. Em suma, colocamos em teste a conhecida e festejada "lei da atração", muito divulgada em livros de autoajuda e que tais.

E, acreditem se quiserem, o poder da mente é realmente fantástico. O universo está aí para dar o *feedback* daquilo que projetamos, mas, obviamente, a "mágica" não é assim tão simples. É preciso muito mais do que pedir. Devemos, também, acreditar piamente que o nosso desejo vai de fato acontecer e, inclusive, comportarmo-nos com tal convicção de realização. Além disso – e talvez o mais importante – devemos ser gratos, sempre, tanto pelo que já tivemos, quanto pelo que mais alcançaremos. Ou seja, os reclamões da vida focam a mente nos problemas e, assim procedendo, atraem, do universo, mais pepinos e enroscos.

Foi neste contexto que veio a concretização de nossa ideia. Por que não começar a crônica sobre a viagem vindoura, antes mesmo dela? Aliás, não foi necessário sequer escrevê-la, mas apenas lançar, como título provisório do arquivo, "jaú!". A exclamação foi necessária para expressar a certeza de que ele viria pela frente, bem fisgado e graúdo. De resto, a gratidão pelas pescarias anteriores sempre foi algo presente em nosso pensamento e orações. Fé, no sucesso da nova empreitada de pesca, também nunca faltou. Restava, então, só embarcar e aguardar a lei do retorno.

Malas prontas, tralhas de pesca organizadas, saímos primeiro para Corumbá. Descendo no aeroporto, entramos no táxi rumo ao hotel, pois, apenas no dia seguinte, seguiríamos ao rancho, onde os demais, que desceriam em Campo Grande, nos encontrariam.

Tempo esquisito, nublado, ameaçando chuva e com muito vento. Foi só dizer para o taxista que iríamos pescar e perguntar sobre o clima, que o homem – de semblante sinistroso – resolveu fazer o seu teatro. Disse que o tempo tinha mudado drasticamente naquele dia. Falou para tomarmos cuidado com tempestades e a ventania, já que, se pegássemos estas intempéries no rio, só nos sobraria amarrar o barco em alguma árvore, segurar firme nas bordas e rezar para não tombar. E, ainda, complementou: "Sabe como é, água não tem cabelo para agarrar!".

Não contente, o motorista mudou o rumo do papo, mas, sem fugir ao mote das tragédias. Desta vez, recomendou cuidado com o jacaré, que seria um bicho traiçoeiro. Contou que ele fica com o bocão aberto, para uma pequena ave limpar seus dentes e, após o fim da faxina bucal, simplesmente engole o coitado do pássaro.

Olhamos um para o outro, querendo entender o que se passava na cabeça daquele taxista tragicômico. Ele devia ser uma espécie de Alfred Hitchcock pantaneiro frustrado, que destilava sua pseudo criatividade para películas de terror, nos pobres turistas que transportava do aeroporto ao hotel. Ah! Em relação ao pássaro, perguntamos ao piloteiro, que disse nunca ter visto este tipo de passaricídio cometido pelo jacaré! Fizemos, depois, uma breve pesquisa na *internet* e percebemos que era *fake news* do piloto do táxi, tendo em vista que, segundo os especialistas, ao final, o jacaré não devora a solícita ave, até pela gratidão do serviço de asseio feito. Ora bolas, jacaré também tem coração, gente!

Enfim, a conversa no traslado ao hotel valeu apenas pela aquisição da expressão do taxista, que passamos a usar com os chatos e inconvenientes de plantão: "Sai pra lá, sô! Vai limpá dente de jacaré!".

Passemos já ao primeiro dia de rio. Começando no próprio rio Paraguai, fizemos de início, a pesca de "rodada", onde se desliga o motor do barco, deixando-o descer de acordo com a correnteza, de modo a fazer a isca e a chumbada mais pesada ser arrastada, em verdadeira varredura no fundo do rio. Usamos varas reforçadas, carretilhas de perfil alto, linhas resistentes e iscas vivas de tamanho de chamar a atenção de qualquer peixão predador. Sabíamos que seria difícil, no dia de estreia, ganhar de goleada, mas, não estava em nossos planos ficar no zero a zero.

Nada de desânimo, contudo. Tudo havia de melhorar no dia seguinte. Combinamos a saída antes do amanhecer, até porque, ali, o que não se pode perder, é o nascer do sol, de dentro da canoa. É um filme de beleza impagável, que transita da escuridão para a luz, passando por tonalidades de mil vermelhos intermediários, como se fosse uma mensagem simbólica sobre a beleza e a purificação que está destinada aos nossos atos de vida. Impossível não exercitar a gratidão pela oportunidade, de mais uma vez, vivenciar tão bela obra do Criador.

E o novo dia foi, realmente, abençoado. O sentimento era de confiança em relação aos bons frutos vindouros. Dito e feito! Logo na primeira rodada, a vara do novato embodocou com força e a ponta envergada chegou a lamber a linha d'água. O piloteiro logo disse: "é ele! fisga!". Fisgada boa. Pela força exigida na recolha, o peixe devia ser bom. E era! Veio à tona, brigando que só, o tão almejado jaú. Não era dos maiores, mas já tinha porte significativo e, para o jejuno, já bastava como retorno de seu desejo lançado ao universo. Era o momento de fotos, comemoração, muita alegria e, também, de um certo alívio. Além disso, como é noção corrente, segundo o costume local, peixe fisgado já dá o direito de abrir o bar!

Também foi a hora de confidenciar aos parceiros de canoa sobre a projeção feita desde antes da viagem, com a inscrição do nome do peixe no arquivo da crônica que seria feita. A reação foi, mais uma vez, de sarro generalizado. Perguntaram a marca do computador, se dava para escrever também "dourado" ou, quiçá, "vitória na mega sena". E por aí foi. Não adiantou explicar sobre o exercício do tal princípio da atração, que exigia, como já dito, não só o pedido daquilo que se deseja, mas também a fé na sua concretização e, sem dúvida, o exercício da gratidão pelo que já se conseguiu.

Os parceiros não pararam de zoar, nem mesmo quando vieram o segundo, terceiro e quarto jaús, alguns menores e, um deles, maior ainda que o primeiro. Passaram a perguntar quantos teriam sido os "ctrl c" e "ctrl v" da palavra jaú no arquivo feito no computador.

Mas, verdade seja dita, não foi só a lei da atração que circulou no pensamento do pessoal durante a pescaria. Depois de várias idas e vindas no circuito da pesca de "rodada", subimos um pouco mais o rio Paraguai e embocamos à direita, no rio Miranda, onde ficamos apoitados na vegetação da margem, na espreita de piaus e pacus, desta vez com varas leves, carretilhas de perfil baixo e iscas mais modestas, como o caranguejo. Nesta fase, a calmaria imperava, oferecendo uma verdadeira lição de autocontrole para os impacientes e ansiosos. Após meia hora de marasmo, sem qualquer cutucada nas linhas, um dos pescadores resolveu comer. Havia azeitona, salame e ovo cozido. Isso mesmo, era esse o prato do dia na canoa, os dois primeiros para salgar a boca e acompanhar a cervejada e, o último, para dar "sustância". A opção foi o ovo. Enquanto batia o danado na borda do barco e retirava a casca, o faminto profetizou: quer ver que agora, só porque arrumei serviço, o peixe vai dar sinal de vida. E complementou: "Parece a época em que eu fumava e ficava aguardando o ônibus que não chegava nunca. Era só acender o pito que o motorista virava a esquina!". Nem mal terminou de falar, a fisgada apareceu com força. Foi o tempo de engolir o ovo num bocado só e pegar um belo Pacú, que nos serviu de delicioso assado (aberto, na brasa), no mesmo dia. Não demorou e alguém, atento a tudo, já sentenciou da ponta da canoa: "É a famosa lei de Murphy! Quando você está à toa, o peixe não vem. Basta arrumar serviço, que o desgraçado aparece para interromper!".

Como o mundo é de escolhas, permitimo-nos, particularmente, optar pela ênfase na corrente da lei da atração, em razão do aspecto da energia positiva que lhe é inerente. Focar na lei de Murphy, apesar de chistoso e, às vezes, realista, talvez seja também usar a lei da atração, porém, com sinal invertido, fazendo com que as nossas energias mentais tragam as venturas do universo apenas nos piores momentos e nas adversidades.

O fato é que, de mais a mais, foram dias fantásticos, tanto de pesca, quanto de convívio fraternal com a turminha de "bodis e brodis". Faltaram alguns irmãozinhos que nos são muito caros, mas, sem dúvida, estávamos todos unidos em mente e coração. Devemos compreender que tudo tem uma lógica Divina e, também, seu tempo adequado (o tempo de "Kairós" e não o de "Cronos"), o que nos dá a certeza de que, em breve, o time retornará completo para novas aventuras.

Muito bem! Para os incrédulos, que possam ter duvidado do nosso relato, cabe-nos apenas lembrar e entoar a música "Verdade de Pescador", do Moacyr Franco: "E é verdade / É sim, sinhô / Quem me contou / Foi o pescador / E é verdade / É sim, sinhô / quem me contou / Uou uou uou uou / Foi um pescador".

Adiantemo-nos, também, a eventuais críticos que, atentos aos detalhes, poderão desconfiar da nossa má utilização da lei da atração, para finalidade tão particular e individualista, como o desejo de pescar um jaú. Justifiquemo-nos, então, desde logo. É que a dita lei da atração, no nosso modesto entender, é uma versão mais simples (e por vezes deturpada pelo viés comercial da venda de livros de autoajuda) da famosa lei hermética do mentalismo. Assim, em nossa filosofia de vida e aprendizado, esta última lei (a do mentalismo) sempre buscou ser compreendida e lapidada, como ferramenta de autocompreensão e de crescimento esotérico e teosófico, evidentemente com finalidades de cunho altruísta, social e de promoção daquilo que mais pode se aproximar do que se entende como justo e perfeito. Isso tudo, porém, não nos impede de, vez ou outra, fazer uma pequena "prova dos nove" com o universo, para conferir o poder das nossas energias mentais e, de forma simples, divulgar e ampliar estas boas vibrações para mais pessoas e, também, em ações bem mais nobres.

É isso! Sejamos atentos e gratos aos bons momentos que vivenciamos! Focando nisso, nosso desejo, agora, é que todos os nossos pares emanem energias positivas ao universo, pois os frutos, na mesma vibração positiva de energia, virão! Fica a dica!

O PARADOXO DA DESUMANIZAÇÃO DA HUMANIDADE

No teatro da vida, algumas esquetes paralelas se desenrolam com estranha normalidade irreflexiva. Infelizmente, só paramos para balanço quando ocorrem sustos com a saúde ou desastres e, no mais das vezes, quando já é tarde e irremediável.

Dizem que cientistas esotéricos da alma (que, segundo vários críticos, seriam filósofos de papo esquisito e que não teriam mais o que fazer) resolveram monitorar a vida de cidadãos comuns e, após vasta pesquisa, diagnosticaram uma nova, grave e muito contagiosa doença: a síndrome da desumanização progressiva da vida.

É óbvio que reflexões deste tipo são incômodas, principalmente aos que se enxergam como potenciais enfermos e relutam no autodiagnóstico da dita doença. O fato é que os tais cientistas, por terem mexido em vespeiro, passaram a ser alvos de críticas coléricas. Apanharam mais que Judas em sábado de aleluia. Bom, antes de engrossarmos a fileira dos atiradores de pedras, reflitamos sobre alguns dos casos pesquisados e que embasaram essa descoberta polêmica.

Numa capital do sudeste do país, uma jovem executiva saltou da cama acelerada. Deixou de orar cedo já há alguns anos. Ainda sonolenta, esticou o braço, pegou o celular e logo verificou sua agenda virtual cheia de compromissos e lembretes de todas as ordens. Nem mais se assustava com o volume de compromissos, com destaques mil e cores que percorriam todo o arco íris. Colocou os fones de ouvido, sem fio, que já se incorporaram ao modelito de trabalho diário (como se fosse um brinco de estimação). O café da manhã foi, como sempre, apenas o pretinho básico, em jejum, servido às pressas, ao mesmo tempo que os áudios dos grupos de whatsapp eram ouvidos, em velocidade dois, para não perder tempo. Beijou rapidamente o seu marido e filho, desejando um rápido *"bom dia de trabalho e estudo"* e saiu. No carro, aproveitou as paradas dos semáforos e nos pequenos pontos de engarrafamento para se maquiar, ler os *e-mails* no celular e, nele mesmo, mandar mensagens à equipe, já pedindo providências e cobrando resultados. Na empresa, repetiu-se a correria de todos os dias na busca da cenourinha que, por mais que corresse (e corria!), sempre se mantinha um pouco à frente e nunca era alcançada. O almoço foi o lanche da padaria da esquina, entregue com um suco, para ingestão em breves dez minutos, em frente à tela do computador, vendo os gráficos comparativos de seu desempenho diante de seus pares. À noite, estressada, voltou para seu lar dormitório. É claro que houve jantar com a família: comida descongelada no microondas, "degustada" na mesma mesa, mas, por três participantes distantes, todos conectados, *on line,* simultaneamente em sintonias diferentes (mãe, pai e filho), apesar de fingirem que conversavam, através de comentários curtos e descontextualizados, jogados uns aos outros. Um deles foi: *"Não vai ter jeito, tá corrido mas terei que visitar meus pais um dia desses. Já estão cobrando que não passo lá há três meses. Domingo passaremos lá rapidinho"*. E foram dormir. Beijo no filho, bicota recíproca do casal, última olhada no telefone e, em seguida, deliciosas seis horas de sono profundo. Nada de diferente de ontem. Tudo igual ao que promete ser o amanhã, o depois de amanhã e assim por diante.

Em outro rincão do país, todos receberam, com indignação, a notícia do suicídio de um jovem colega de trabalho (mero "colega", pois ficou difícil fazer "amigos" no ambiente laboral corporativo). Na empresa, seu chefe deu a fatídica notícia de forma protocolar e, com uma frieza polar, não poupou seu leigo e indiferente diagnóstico: *"Coitado! Sempre foi depressivo!"*. De fato, meses antes, o rapaz teve problemas médicos e apresentou atestado, mas, o foi de síndrome de "burnout". Em meio à gestão em massa e impessoal de números (e não de pessoas), os gestores da multinacional não pensaram no sofrimento que um quadro destes proporciona na vida do ser humano. Apenas lamentaram pelo absenteísmo e pela baixa produtividade de um dos seus "colaboradores". Com seu passamento, a única preocupação foi a de substituir aquela pequena peça que sucumbiu (trocaram-no como se faz com um fusível que se descobriu queimado). Ninguém se preocupou em entender os reais motivos do jovem ter jogado a toalha: foi o esgotamento profissional, a exaustão extrema, decorrente das metas inatingíveis, do clima de cruel competitividade, das cobranças abusivas e, de forma rotineira, da ameaça de perda do próprio emprego. Para o chefe direto, casos de depressão representavam só "mi-mi-mi", problemas típicos dos que não "aguentam o tranco". A dispensa estava até programada, mas, não se ultimou pela afoiteza do jovem em dar cabo, da pior maneira, aos seus problemas (que, no fundo, eram decorrência da solidão e da indiferença alheia). Ainda na empresa, após uma lamentação (curta e seca) diante do ocorrido, já anunciaram o substituto. Este, diga-se de passagem, sequer imaginava que fora contratado com salário menor do que o do falecido. Tudo, enfim, dentro da normalidade do "mundo dos negócios".

Outra e terceira cena ocorreu numa palestra, proferida num congresso de envergadura nacional e importância já consagrada. O palestrante era um renomado acadêmico, autor de obras e artigos científicos conhecidos e utilizados por todos de sua área da ciência. Quando era jovem, fruto de família humilde, os pais sacrificaram-se no trabalho diuturno para garantir, ao então filhote, o que tinha de bom e melhor em termos de estudo local. Comeram o pão que o diabo amassou para garantir os brioches de hoje do filhão. Apesar de bem formado e com uma cabeça privilegiada, o expoente não era bom com suas vestimentas. Vestia-se como um Mazzaropi piorado, todo mal ajambrado. Lá estava ele saindo para a palestra, vestido com seu terno bege, com camisa rosa listrada e gravata azul de "amebinhas vermelhas". Em tempo, sua zelosa esposa o salvou. Cuidou de separar e ajustar os detalhes de um belo terno azul, gravata vinho e camisa branca, alertando-o que seria mais adequado à sobriedade e formalidade daquele evento. Também não era hábil na informática, mas seu assistente acadêmico, como de praxe, deixou sua exposição "nos trinques", muito bonita e de fácil compreensão. O material contemplava um árduo trabalho de sua equipe de orientandos que, nas semanas anteriores, correram para angariar e finalizar os dados, estatísticas e os resultados de suas pesquisas, de modo a garantir o sucesso da apresentação do festejado e famoso chefe do time. Sua secretária, com a cautela e o carinho de sempre, providenciou as passagens de avião, reservou hotel, fez todos os acertos necessários para garantir conforto e tranquilidade na estadia e no cumprimento dos horários do congresso. O cerimonial do evento foi um cuidado só. Buscaram-no no hotel, prepararam seu material, adequaram som, luz e tudo além do esperado em termos de boa e respeitável recepção. Chegada a hora, foi apresentado com pompas e mimos. A apresentação passou voando. Foi uma hora inteira de brilhante exposição. Ao final, soberbo e orgulhoso, recebeu – sozinho – os aplausos efusivos dos presentes. Retornou envaidecido. Recebeu parabéns, com todo o carinho, de sua equipe e, naturalmente, dos familiares. Não se preocupou em agradecê-los. Provavelmente sua própria luz ofuscou a visão dos outros – também iluminados e muito valorosos – que sempre o cercavam. Inconscientemente, tinha certeza de que todos não fizeram mais do que suas obrigações.

Outras cenas de vida também foram estudadas, mas, contentemo-nos com estas, já que emblemáticas e bastante sintomáticas da nossa doença social. Afinal, o que essas histórias teriam em comum? Na visão dos cientistas, os protagonistas! São seres humanos doentes, que se acham assintomáticos, mas, sofrem da falta de uma carga mínima de humanidade! Dentre os sintomas, a miopia altruística, a indiferença diante da dignidade alheia, a coisificação das pessoas e a convivência meramente utilitarista.

Na primeira esquete da vida real, vimos algo comum ao cotidiano de vários de nós ou dos nossos. Aceleramos, sem perceber, nossa vivência, numa velocidade tal que deixamos, em segundo plano, a esperada convivência fraterna com nossos pares. Impomo-nos uma rotina diária típica de máquinas ou robôs, pior do que a prenunciada por Charles Chaplin, de forma caricata, no filme "Tempos Modernos". Nossa vida é, por óbvio, finita e, de um certo modo, curta. Torná-la autômata, acelerada, faz com que passemos por ela como passageiros de um trem bala que, sentados à janela, apenas conseguimos ver riscos disformes da paisagem, sem mínima chance de contemplar suas lindas cores e formas. Que tal se conciliássemos o dever do trabalho, com o direito ao não-trabalho (ou de desconexão do trabalho)? Quão bom seria se dedicássemos o primeiro momento do dia a uma singela oração, um verdadeiro "papo reto" com o Criador, externando nossa gratidão e fazendo uma pequena meditação sobre nossa vida? E se limitássemos os contatos telefônicos e mensagens de whatsapp de conteúdo profissional a apenas uma parte do dia? Seria pedir muito que nos deixássemos almoçar degustando os alimentos com prazer e calma (talvez, como diriam alguns antigos, dando uma mastigada para cada dente)? Ainda dá tempo de mudar e humanizar nossa vida!

Na segunda cena, vemos que algumas estruturas empresariais ainda consideram seus trabalhadores como números ou peças. Plataformas de transporte de passageiros e entregas de comidas mantém, na informalidade, o trabalho de inúmeros "empreendedores", assim chamados na tentativa de lhes impor uma ilusão de sucesso e prosperidade que, se não fosse trágica, seria cômica. Para os que se valem de tais serviços, o que importa é chegar em paz no destino, receber o lanche e, de forma não rara, reclamar dos atrasos. A falta de respeito à dignidade apenas é percebida – infelizmente, pelo pseudo-

-empreendedor e sua família – quando ocorre um acidente com sua moto ou bicicleta. Descarta-se o inválido, que fica sem fonte de renda e sem amparo previdenciário. Sobra-lhe, então, socorrer-se do precário sistema público de saúde que, além de tudo, é custeado por todos os demais cidadãos contribuintes. Há uma evidente "coisificação" das pessoas e, em especial, dos trabalhadores, desde os inseridos em grandes corporações, até os pequenos empresários e autônomos. Quando se buscam os responsáveis, o que se escuta é um rotundo "não é comigo". Não é de se estranhar o crescente número de miseráveis e inválidos oriundos do trabalho informal desumanizado. Também não podemos apartar os olhos do grande número de afastamentos por esgotamento no trabalho. Já estamos importando dos países orientais, como o Japão, o indesejável karoshi, mas, entre nós, temos a indignidade de atribuir os suicídios a uma depressão ou fraqueza daquela pobre personalidade que, agora, virou apenas mera estatística. Precisamos, definitivamente, trocar a gestão por competição, pela visão de cooperação, pautada em empatia, preocupação fraternal e ajuda solidária.

A terceira historinha da vida real mostra-nos que poder, sucesso e louros, por vezes, apenas alimentam o nosso individualismo soberbo. Os ajudantes, incentivadores e apoiadores, que sempre carregam o piano, contentam-se com o anonimato, apesar de merecedores de constante agradecimento e do recebimento conjunto dos mesmos aplausos, louvores e honrarias. Ora, nós não conseguimos nada sozinhos. Por que esquecemos de enaltecer os que nos ajudaram e ajudam sempre? Dia desses, noutra dessas palestras, perante centenas de ouvintes presenciais e virtuais, a renomada convidada, logo após os cumprimentos de praxe, preocupou-se em agradecer e pedir aplausos a todos os colaboradores invisíveis que viabilizaram que ela estivesse ali. Referiu-se aos seus pais, familiares, parceiros de trabalho, organizadores dos bastidores do evento, nominando-os e retirando-os, ao menos naquele espaço pequeno de tempo, da invisibilidade social. A gratidão faz parte de um respeito fraterno e deveria ser atitude intrínseca ao relacionamento interpessoal e à vivência humana.

Devemos confessar, contudo, que os esforços dos cientistas não lhes renderam apenas críticas e pedradas. Tiveram sua gratificante recompensa, ao menos aqui ou acolá. Um professor, por exemplo, já há algum tempo, ao sair para dar suas aulas no colégio do Estado, partia desanimado e lamurioso por ter que encarar mais um dia de trabalho. Era um mero cumpridor de carga horária. Na sua mente, cada dia representava mais do mesmo martírio. Depois de árdua reflexão e do seu autodiagnóstico de "desumanização" da vida, mudou sua consciência e passou a exercer, com disposição e felicidade, sua sublime vocação docente. O dever de cumprir "horas-aula" sumiu. Surgiu o prazer de exercer sua missão Divina de ensinar, influenciar e formar pessoas de bem, entregando-lhes, em cada encontro, uma valorosa semente, com potencial de gerar frutos virtuosos para seus pupilos e para toda a sociedade. O termômetro da humanização, agora, passou a atingir níveis de incrível vivência virtuosa e salutar.

É isso mesmo. Estamos numa época em que, infelizmente, é preciso dizer o óbvio. Não deveríamos estar aqui a discutir o paradoxo dos seres humanos que vivem sem humanidade! Mas, a triste realidade, é que não são casos isolados e, sim, uma aparente esquizofrenia coletiva desumanizadora.

Certo está o imperador romando Marco Aurélio, numa de suas famosas "Meditações", onde deixou registrado um alerta que nos serve até hoje: *"A alegria do ser humano consiste em fazer o que é característico do ser humano. Característicos do ser humano são a benevolência no trato com aqueles que são de sua espécie, o desprezo pelos impulsos e agitações dos sentidos, o discernimento no que toca às ideias dignas de crédito e a observação da natureza do universo e dos acontecimentos que são determinados por ela".*

Vivamos, então, a humanidade. E sejamos felizes!

EPICTETO, ESCRAVIDÃO E O ENGARRAFAMENTO NO FINAL DA BANDEIRANTES

Eram amigos de trabalho, residentes em Campinas, todos "colaboradores" (assim chamados por puro eufemismo, visando disfarçar a forma *fake* e fraudulenta de contratação de trabalhadores como pessoa jurídica) de uma potentíssima multinacional da capital paulista, instalada num suntuoso prédio de uma das mais importantes e nobres ruas da metrópole.

Os três, para economizar nos gastos de deslocamento, iam todos juntos, revezando-se na utilização dos carros. Moravam relativamente perto e gastavam mais tempo no trajeto dentro de São Paulo do que na rodovia. Todos os dias saíam às 7:30 horas e chegavam por volta de 8:30 no final da Bandeirantes onde, invariavelmente, pegavam um baita engarrafamento. Na marginal e nas vias locais, o trânsito oscilava entre o lento e o parado, de modo que conseguiam chegar ao destino quase que estourando as dez badaladas matinais do sino da matriz.

No caminho, falavam de tudo e de todos. Tinha assunto, contudo, que não saia da berlinda. O tempo que perdiam no percurso da empresa para casa (e vice-versa), por exemplo, era um deles. Reclamavam do governador, do prefeito, da empreiteira que fez a pista, da concessionária que administra a via, da Companhia de Engenharia de Tráfego de São Paulo, dos buracos, dos radares, do rodízio, dos amarelinhos (que já foram marronzinhos um dia), dos motociclistas "vida louca" que ocupavam os corredores e destroíam os retrovisores alheios, dos outros motoristas (dos mais lentos, dos que não davam seta, dos que davam e entram sem olhar) e, enfim, de Deus e do mundo. Engraçado que, para não darem "a pinta" de que eram motoristas capiais, vindos do interior, faziam como os nativos da capital: buzinavam em vão, dirigiam colados no carro da frente e xingavam os outros que lhes estorvavam o caminho.

Num belo dia, o vizinho do prédio de um deles, professor universitário, comentou que faria uma palestra numa renomada Universidade de São Paulo e, com um pouco de conversa, descobriram que o local ficava nas cercanias da sede da empresa onde trabalhavam e se dirigiam todos os dias. A carona, então, foi oferecida, mas, não antes que fosse feito o alerta, em tom de desabafo lamurioso: "você sabe como é São Paulo! Engarrafamento no final da Bandeirantes, lentidão na marginal, trânsito travado em várias vias, rodízio, radares, sem falar na enxurrada de motoqueiros, barbeiros e apressados". Como o palestrante não estava premido em seu horário (fez questão de agendar com folga, para viabilizar um deslocamento tranquilo para São Paulo, independentemente do meio em que decidisse viajar), a carona foi aceita, de bom grado.

No dia combinado, saíram no horário de costume. O carona foi apresentado aos demais parceiros de condução e todos seguiram conversando sobre amenidades. Num determinado momento, perguntaram-lhe sobre o tema da palestra que seria ministrada. O professor, de pronto, respondeu que seria sobre a "escravidão".

Os convivas de trajeto, talvez pela intimidade dos vários anos de parceria no itinerário laboral, eram um tanto quanto ansiosos para "dialogar". Costumavam, sem cerimônias (e muito menos escuta ativa), apartear o interlocutor, tomar de supetão a palavra, disparando, ato contínuo, suas metralhadoras de opiniões e impressões.

Neste contexto, um deles já concluiu precocemente: "Ah, então você é professor de história! Sei! Eu já ouvi sobre a escravidão no colégio, mas faz décadas. Esses tempos atrás, eu também vi uma série que retratava a escravidão no Brasil, desde o século XVI até o XIX. Nossa, que momento triste da nossa história. Ainda bem que a Lei Áurea colocou um fim nessa barbárie! Foi em 1888, não foi?"

Quando o afoito deu uma respirada, o professor aproveitou-se para esclarecer que sua área não era a história e que, na verdade, falaria sobre uma outra espécie de "escravidão", que sempre preocupou as sociedades e que existe até hoje entre nós.

Prosseguia, mas, novamente, foi interrompido. Desta vez, o foi pelo motorista da condução que, com um olho no gato e outro no peixe, dirigia ouvindo a tudo, sem deixar de acompanhar visualmente, de rabo de olho, seus passageiros.

Ele não poupou saliva para opinar: "Esse tema é bom mesmo! Toda hora surge notícia de resgate de trabalhadores em condições análogas à de escravo. Dizem que, em fazendas, até hoje, algumas pessoas são literalmente cerceadas da liberdade e forçadas a contrair dívidas impagáveis com o "patrão". Parece que trabalham como condenados, sem nada receber. Até os documentos deles são retidos. Ouvi dizer que, aqui na Capital, essa exploração acontece com estrangeiros, que fogem da miséria de seus países e, lamentavelmente, acabam na mão de criminosos aproveitadores. Esses dias, no noticiário da televisão, mostraram uma oficina de costura onde o pessoal trabalhava em ambiente fétido e insalubre, sem janelas, por mais de quinze horas diárias, com crianças e animais espalhados pelo local. Uma cena muito triste, sem dúvida!

Mais uma vez o professor viu-se obrigado a esclarecer que a nova especulação também não estava certa. Retomou seu raciocínio e buscou mostrar que o enfoque da escravidão que abordaria era bem diferente. Falaria sob um aspecto mais sensível e esotérico do tema, voltado à discussão do próprio sentido da humanidade e da finalidade da vivência – como libertos ou escravos – para cada um de nós. Antes que fizessem mais ilações fantasiosas, já adiantou que era professor de filosofia.

Agora, atônitos, provavelmente pela revelação da área de magistério do carona, todos deram uma pausa. Foram tomados, também, por certa curiosidade sobre o que a filosofia teria a ver com a escravidão. Então, numa postura que não lhes era costumeira, pediram ao professor que desse uma palhinha sobre o conteúdo de sua palestra, já que não entendiam bulhufas sobre estas divagações filosóficas. Na verdade, fizeram uma reserva mental (para não ofender o homem), já que tinham para si que a filosofia era coisa de desocupado, vagabundo ou, quiçá, de pessoa de estilo de vida esquisitão e hábitos, digamos assim, alternativos.

É bom que se diga que o professor não tinha esse estereótipo traçado na imaginação dos preconceituosos. Era um acadêmico muito querido pelos colegas, sempre polido no trato, ouvinte atento, comentarista ponderado, culto e bem conceituado pelos de dentro e de fora da sua profissão. Então, prosseguiu:

"Falarei sobre a escravidão dos homens, com base no filósofo Epicteto que, não por coincidência, chegou a ser escravo e, depois de liberto, consolidou sua doutrina com um brilho tal, que o fez integrar a célebre tríade da fase final do Estoicismo, junto com Sêneca e Marco Aurélio. Apesar desta origem, a mensagem que nos interessa, de Epicteto, não está atrelada à escravidão física, imposta por grades, amarras ou grilhões. Na obra "Manual de Epicteto: a arte de viver melhor" (escrita por seu discípulo, Flávio Arriano), o filósofo nos ensina que existem basicamente duas coisas: as que são subordinadas a nós; e as que não o são. A liberdade reside na consciência e no direcionamento das nossas ações às primeiras, que estão acessíveis ao nosso controle e razão. A escravidão, no então, está no nosso comportamento servil e no esforço inútil direcionado apenas às coisas que não dependem de nós. Segundo Epicteto, um dos sintomas do homem escravizado às coisas que não estão subordinadas à ele é a autovitimização e a terceirização da culpa.

O rumo da prosa começou, enfim, a fazer sentido para os ouvintes, que acharam interessante a questão, apesar de um tanto quanto teórica. Pediram, então, que o palestrante do automóvel desse exemplos mais concretos. E o professor, mais uma vez, atendeu a sua pequena plateia de forma bastante didática, assim complementando:

"Vejamos a correria da vida de quase todos nós. Se não fazemos exercícios, não temos tempo para a família ou para o lazer, logo justificamos com base no preço da academia, na falta de tempo em razão do trabalho, nas cobranças excessivas do chefe, nos compromissos com o cônjuge, nos filhos que dão trabalho, etc. Vejam que a culpa (ou a desculpa) está centrada sempre nos outros (ou seja, naquilo que o próprio indivíduo não tem como mudar). Há um estranho bloqueio psíquico sobre o real foco do problema, qual seja, a necessidade de mudança de suas próprias atitudes (daquilo que está ao seu alcance), como dormir e acordar mais cedo, correr ou caminhar nas ruas (sem o custo de uma academia), organizar melhor sua própria agenda com a da família. E, se me permitem, vou dar mais um exemplo: nós estamos agora num engarrafamento e, numa situação como esta, é natural que coloquemos a culpa em todos os outros que resolveram sair no mesmo horário, nas más condições de escoação das vias públicas, na falta de fiscalização das imprudências alheias, dentre outros fatores "dos outros". Porém, ninguém pensa em sair mais cedo ou mais tarde de casa, em mudar o meio de transporte, ou mesmo o itinerário. Enfim, nestes tempos modernos, ainda somos escravos e vivemos aprisionados aos esforços que concentramos (inutilmente) naquilo que não depende de nós. A boa notícia é que temos a faca e o queijo na mão para a libertação. Esse é o papel da filosofia. Dar luz e despertar a razão, para que ajamos naquilo que nos é de controle, sem vitimização e sem tentar achar culpados".

A ficha caiu, sem dúvida. O exemplo não foi premeditado pelo professor, mas, caiu como uma luva para aqueles cativos da modernidade. Nos demais dias, a conversa mudou de rumo. Começaram a refletir e debater o que era preciso para, efetivamente, se libertarem. Dito e feito. Ajustaram suas rotinas e começaram a sair mais cedo. A viagem passou a ser bem mais rápida e menos estressante. Agora chegavam com mais de uma hora de antecedência e, com isso, todos aproveitavam bem este tempo (que antes era perdido no trânsito). Um inscreveu-se na academia ao lado do serviço para um pequeno treino diário. Outro, preferia tomar um café com calma, na padaria da esquina, sempre acompanhado de boa leitura. O terceiro, dedicava-se a antecipar seu trabalho, para não levar tarefas no final de semana e, desta forma, curtia muito mais sua família nas folgas.

Mudaram não só de hábitos. Mudaram o preconceito que tinham da filosofia. Quem diria que o engarrafamento no final de Bandeirantes seria o pano de fundo para tudo isso. A alforria filosófica, por incrível que pareça, veio de um antigo escravo. Dá-lhe, Epicteto!

A DEMOCRACIA NÃO GOSTA DE PARRESIASTAS!

Ah, democracia! Nome bonito, de conceito ainda mais belo. Infelizmente, porém, a democracia costuma ser usada apenas da boca para fora, de forma não rara pelos que a usurpam, deliberada ou inadvertidamente. É bem provável que o resgate democrático (ou, a cura) seja mais viável aos usurpadores inadvertidos, também chamados de "comedores de lótus" (referimo-nos, aqui, a passagem de Ulisses pela Ilha dos Lotófagos, na Odisséia), ou de "autoentorpecidos de consciência".

Calma! Não estamos aqui buscando fazer ilações sobre o cenário político atual. Não obstante, temos a consciência que algumas reflexões podem servir, como se chave mestra fosse, para atender ao gosto que o freguês desejar alcançar. Também, não pretendemos sugerir qualquer generalização pejorativa de grupos ou da conduta de quem quer que seja, até porque os rompantes de agressão à democracia brotam de todos os lados e das diversas correntes ideológicas. Não há monopólio e nem reserva de mercado, neste tema.

O objetivo é outro: tentar entender o paradoxo da democracia, como sistema teoricamente desejável, e, ao mesmo tempo, constantemente vilipendiado. Também pretendemos, em meio a este complexo sistema democrático, discutir a peculiar (e geralmente desconhecida) figura do parresiasta foucaultiano. Ficou confuso? Calma, mais uma vez! Vamos tentar desenrolar esse balaio de gato aos poucos, pedaço a pedaço, começando pelas bordas clássicas da tão falada democracia. Apenas depois, abordaremos a parresia e o agir do parresiasta.

Platão, na sua obra clássica "A República", examinou as formas de governo, sob a lente da busca das virtudes éticas de cada qual. Ali, além da própria democracia, também vislumbrou as possibilidades da timocracia, da oligarquia e da tirania. A timocracia está baseada no amor às honrarias ou recompensas e, neste sistema, a busca é pela manutenção do poder pelos louros que ele traz, como regalias, pompas, riquezas e outras mesquinharias nada altruístas. A oligarquia é o governo exercido por uma pequena classe, no mais das vezes, a mais abastada e, como consequência natural, há uma exclusão da participação dos pobres e das minorias. Já a tirania, nas exatas letras da obra platônica, é "a mais severa e cruel escravidão proveniente da máxima liberdade", sendo que a figura do tirano brota como uma "liderança protetora especial", que elimina seus adversários e torna os demais, seus cativos, inebriando-os com uma pseudoproteção.

Com base nestas concepções, é fácil ser um militante teórico da democracia, já que, mesmo com todos os seus conhecidos problemas, continua sendo o chamado governo do povo. De mais a mais, entre nós, o "Estado Democrático de Direito" está explicitamente lançado na chamada Constituição Cidadã de 1988, com elevado significado valorativo e principiológico, principalmente, no propósito de concretização dos direitos fundamentais dos cidadãos. E, retomando a obra de Platão, verificamos uma advertência de indiscutível atualidade, no sentido de que a democracia é, de fato, uma nobre forma de governo, a qual, porém, "carece de governantes".

É notório que uma boa parcela da classe política – populistas, extremistas, cleptocratas e outros que tais – estão no "top 10" da utilização pomposa e eloquente do termo democracia. Em suas ações, contudo, concretizam de tudo, menos a dita democracia. São, no fundo, timocratas em busca de recompensas pessoais. Como dizem por aí, "por fora, bela viola; por dentro, pão bolorento". Nota-se, mais uma vez, que não estamos, aqui, generalizando toda a classe política no mesmo bloco desvirtuado. Há exceções, é claro.

Aliás, no âmbito da população (rica, pobre ou café com leite, não importa), ou seja, do lado dos governados, temos igualmente extremistas inveterados e sem controle (de esquerda, de direita, de frente ou de revestrés), que também se refestelam ao dizer que são democratas, apesar de useiros e vezeiros de rompantes radicais, inconstitucionais e escancaradamente antidemocráticos.

É neste contexto paradoxal que os parresiastas (verdadeiros) sofrem. Mas, enfim, o que seria a parresia? Trata-se de conceito que, apesar de bem mais antigo, ganhou corpo com Michel Foucault, na sua última fase de produção filosófica e, em especial, na obra "A coragem da verdade: o governo de si e dos outros II". Referida obra pautou-se por uma compilação de aulas, ministradas por ele, nos idos de 1984, no Collège de France.

Foucault nos ensina, então, que o conceito de parresia está atrelado ao "estudo da fala franca", ou ainda, à "modalidade do dizer-a-verdade". E, de forma mais concreta, sua proposta de estudo não é epistemológica (teoria do conhecimento), mas, sim, aletúrgica, ou seja, vinculada à própria produção prática da verdade (ato pelo qual a verdade se manifesta). É uma proposta de reflexão, portanto, que implora por ser pensada e aplicada em nossa vida cotidiana, desde a antiguidade, até os tempos de hoje.

Façamos, por oportuno, um primeiro e necessário esclarecimento sobre o parresiasta, distinguindo-o de algumas figurinhas carimbadas da sociedade, como o "boquirroto", o "especialista em saber de tudo um pouco", o meramente "retórico", o "dogmático" e o "sincericida". Exemplifiquemos, por objetividade, apenas este último.

Dizem que a esposa de um cidadão (daqueles sem papas na língua e nem juízo na cachola), resolveu apimentar a relação e surpreendê-lo vestida com um corpete acinturado. O homem, desatento com o que se passava na televisão, certamente não estava preparado para aquela investida amorosa ousada e repentina. Sua primeira reação foi perguntar: o que é isso? vai nadar? Nem precisamos dizer que o velório foi marcado para o dia seguinte!

Outro, na mesma linha, assim que a companheira voltou do salão de beleza, ao vislumbrar sua nova franja curta (que deixou à mostra alguns metros a mais de testa), não conteve o espanto e soltou um: "Deus do céu!". Mais um velório na agenda!

Estes dois, por mais que se achassem no uso da fala franca, definitivamente, não são parresiastas. São sincericidas de carteirinha.

Algumas características são apontadas por Foucault para identificar o verdadeiro parresiasta. Um de seus princípios básicos é o prévio e necessário exercício de dizer a verdade sobre si mesmo, através, por exemplo, do exame de consciência. A parresia exige, portanto, um constante e estrutural "cuidado de si", de modo que a verdade deve ser – antes de tudo – um modo de vida aplicado à conduta pessoal de cada um de nós. O parresiasta não é aquele que senta no próprio rabo, para falar do rabo dos outros.

Além disso, o parresiasta vive a verdade e não abre mão de seus princípios éticos. E, exatamente por agir assim, com fidelidade de consciência, a parresia também tem, como característica indelével, a coragem. Isto deve-se à costumeira reação da sociedade que, incomodada com a fala franca e a defesa da verdade, reage com violência, desfere acusações injustas e represálias punitivas desproporcionais. Quem mandou mexer com os dogmas e convicções dos que se acham "os certos de todas as horas"?

Sócrates, um parresiasta emblemático, que o diga. A premissa clássica "conhece a ti mesmo", estampada na entrada do Oráculo de Delfos, foi a base ética necessária para sua profícua tarefa de vida filosófica. A primeira e mais básica verdade descoberta por Sócrates foi sobre si mesmo: "só sei que nada sei". Neste trilhar, sua maiêutica, aplicada como método de propagação da sabedoria, rendeu-lhe uma injusta acusação de mal influenciar os jovens e, também, sua sequencial sentença de morte. Detalhe (nada pequeno): mesmo diante da sabida injustiça da condenação, Sócrates aceitou sua pena, para não trair aquilo que sempre professou perante seus pares.

Ainda podemos citar João Guimarães Rosa, como exemplo de um importante parresiasta. Não estamos aqui a falar da preciosidade de suas obras literárias, mas, principalmente, de sua atuação virtuosa, vivendo e praticando a mais lídima verdade de suas convicções humanistas. Imaginem o risco que esse homem enfrentou, quando era diplomata em Hamburgo, ao facilitar, em meio à Alemanha nazista, a emissão de centenas de vistos de turistas, para que os Judeus fugissem do holocausto. Foi mais um grande homem, que viveu a verdade e enfrentou os perigos de tal opção de conduta.

Hoje e sempre, enfim, os parresiastas não são (e nem serão) pessoas bem quistas na sociedade corrompida, individualista, pautada pela competitividade e pela separatividade. A democracia que vivemos, como já dito, é um regime desejável e conquistado a duras penas. Contudo, sua pluralidade, aliada ao liberalismo distorcido e exacerbado, dá margem a incessantes batalhas de meias verdades, todas de propósito assaz duvidoso. O autoconhecimento crescente e a instrução paulatina cedem espaço, cada vez mais, ao recebimento e transmissão de meras informações descartáveis, sem teor fidedigno. Os parresiastas são massacrados e os demagogos aplaudidos.

Se vivenciássemos, hoje, o conto de Hans Christian Andersen, teríamos uma multidão aplaudindo os trajes invisíveis do rei e, muito provavelmente, um linchamento público do parresiasta que ousasse dizer a verdade: "o rei está nú!".

A pergunta que não quer calar é muito pessoal e exige uma reflexão bastante íntima e sincera: somos – ou pelo menos, desejamos ser – parresiastas?

Ousamos dizer que, quando muito, estamos ainda na fase primeira, de descobrimento da nossa própria verdade, de aprendermos a cuidar de nós mesmos (e dos outros), preparando-nos para, quem sabe, intensificar nossa vivência parresiástica e para tonificar o espírito, visando assumir os riscos de tal conduta. Afinal, a parresia não é retórica, exige distinção ética, sabedoria e vivência intensa da verdade dita. Somos eternos aprendizes. A face boa é que temos potencial parresiástico a ser lapidado.

Fica o apelo, para a saúde e prosperidade da nossa democracia: os parresiastas são pessoas do bem! Não os maltrate e nem os tenha como loucos, apenas porque disseram algo que não lhe agradou ou que afrontou seus dogmas. Reflita diante de suas palavras e condutas. Argumente e não brigue. Cresça junto.

Aliás, por que não buscar ser um destes estranhos personagens parresiastas demodês?

UM GÊNIO DA LÂMPADA DIFERENTE

Em pleno século XXI, um cidadão encontrou algo que parecia ser uma daquelas "lâmpadas mágicas", já vistas por todos nós nos contos clássicos. A primeira reação foi a de desconfiar de uma brincadeira ou "pegadinha". Fez uma varredura "pan-ótica", como se fosse um vigilante único, estrategicamente posicionado na torre central da prisão ideal de Jeremy Bentham. Deu um giro completo sobre o próprio eixo, olhou para todos os lados e arredores, mas, não vislumbrou indícios de troça. Só poderia, então, tratar-se de uma peça de decoração, descartada por algum provável "desapegado" de quinquilharias e antiguidades.

Resolveu pegar a lâmpada perdida, colocou no embornal alçado a tiracolo e levou para casa. Apesar de sua maturidade e personalidade lapidada na ciência e na razão, esforçou-se para não rir com os pensamentos involuntários que lhe vinham à mente: "Será que não tem um gênio, nesse troço?". Logo, porém, envolveu-se com a rotina ordinária de trabalho. Passou o dia em meio às suas pesquisas profissionais e acadêmicas, como de praxe o fazia.

No final do expediente, retornando ao lar, resolveu dar um trato na lâmpada achada pela manhã. A intenção era a de fazê-la virar um ornamento da estante de livros de seu pequeno escritório residencial. Viu, na dispensa, um limpa metais e, de forma paralela, passou a mão numa flanela alaranjada, que por lá estava dando bobeira. Antes da esfregação, riu mais uma vez sozinho, pelo inevitável paralelo com a conhecida cena da história de Aladim. E, em questão de segundos, qual não foi a sua surpresa ao ver emergir, do bico da lâmpada, uma fumaça colorida que, aos poucos, ganhou forma de um gênio, muito parecido com o do conto. Até pose com os braços cruzados o danado resolveu fazer.

Foram alguns minutos de impacto incrédulo e de semblante atônito, diante de tão inusitada situação. Dava a impressão que o gênio estava "nem tchum" para o choque do pobre coitado à sua frente. Na verdade, estava mesmo era acostumado com desmaios, chiliques e reações de espanto de todas as ordens. Nada como dar um tempo e, em seguida, explicar como seriam as regras para ter direito ao tão almejado desejo.

Como já foi possível perceber, esse gênio era um tanto quanto sistemático, cheio de manias e procedimentos muito particulares. Se não fosse a oportunidade de realizar desejos, estaria na lista universal dos mais chatos do século, com absoluta certeza.

Para acelerar a restauração do estado mental e psicológico normal do rapaz, o gênio, num estalar de dedos, fez surgir um copo de água com açúcar. Afinal, gênios também têm coração! E, se não bastasse, com um ar de mágico de festa infantil, disse que era para o sujeito ficar tranquilo, porque aquele truquezinho da água com açúcar não contava como desejo. Era brinde.

Com os ânimos acalmados, o gênio desenhou as regras de seu jogo. Afirmou que ele não era igual a alguns gênios que, sem cerimônias, atendiam três desejos do sortudo descobridor da lâmpada. Justificou que isso nunca foi bom para a sociedade e, tampouco, para o indivíduo contemplado pelo achado. Primeiro, porque três desejos eram muita coisa para qualquer ser humano, algo que acabava virando uma ostentação desnecessária. A estatística mostrava que, do segundo para o terceiro pedido, surgiam ideias das mais bizarras possíveis, algumas até inenarráveis, pelo horário. Segundo, porque os desejos eram todos voltados à satisfação materialista individual e mesquinha da pessoa, sem a mínima preocupação altruísta ou benemerente (era um gênio mais espiritualizado e inconformado, fazer o quê?). E, terceiro, porque atender desejos de quem quer que fosse, sem critérios, contrariava uma regra básica do universo, qual seja, a da causalidade, de modo que somos – ou deveríamos ser – responsáveis pelo que acontece de bom e ruim em nossas vidas (era uma espécie de meritocracia kármica instituída pelo morador da lâmpada).

Feitos os prolegômenos justificadores de sua excentricidade, prosseguiu relatando que, em razão de toda a exposição de motivos já dita, achando-se um gênio de viés humanista e, também, preocupado com o bom funcionamento esotérico do cosmos e com a evolução da humanidade, já há algum tempo, tinha decidido adotar uma política inovadora de atendimento dos desejos. As regras eram simples de entender. Cumprir, no entanto, eram outros "quinhentos cruzeiros".

Enfim, apenas um único desejo seria atendido, sem choro, nem vela. Para tanto, a pessoa deveria indicar o livro que mais lhe teria sido útil na vida, seja para a formação pessoal, crescimento como cidadão ou, ainda, para a convivência harmônica com seus pares. E, por fim, o gênio faria uma pequena retrospectiva dos principais acontecimentos do último mês, para confirmar se o conteúdo essencial extraído do livro (auto-eleito como o mais importante, lembre-se) era realmente cumprido no dia a dia da pessoa. Passando por estes crivos, era só pedir e usufruir do prêmio.

Pois bem. Tudo muito bem explicado e entendido, foi a vez de dar a palavra para o sortudo em potencial. O homem ainda mantinha uma sensação de que estava num desses sonhos muito reais, daqueles em que somos interrompidos, de forma não rara na iminência do clímax, pelo soar do alarme matinal. Sem muito titubeio, disse que, há vários anos, uma obra havia mudado sua história: "Comunicação não violenta: técnicas para aprimorar posicionamentos pessoais e profissionais", de autoria do psicólogo americano Marshall B. Rosenberg. Disse que era, na sua concepção, o livro que mais lhe teria influenciado positivamente, tanto que era lido e relido periodicamente. Desde tal leitura, confidenciou que sentiu melhora de sua convivência (na família, com amigos e no trabalho) e que vinha dedicando esforços para vivenciar, cada vez mais, os ensinamentos transmitidos pelo autor.

O gênio, então, deu-se por satisfeito, muito embora faltasse a prova da última etapa, qual seja, a verificação da vivência prática da dita comunicação não violenta. Essa era a etapa mais difícil, que poderia ser classificada, pelos críticos de plantão, como "a hora em que o filho chora e a mãe não vê". O gênio, demonstrando mais uma de suas manias esquisitas, num mexer de mãos, criou uma moldura de fumaça, como se fosse uma tela de muitas e boas polegadas, para passar o filme do último mês de vida do telespectador apreensivo. A bem da verdade, por questão de otimização do tempo, exibiu somente um trailer, com flashes dos melhores momentos vividos, apenas o suficiente para que pudesse justificar o seu veredito final.

Ao final, emergiu a satisfação de ambos. O gênio estava diante de um homem que realmente praticava a comunicação empática, pautada pelo despertar da compaixão e pela escuta ativa, mesmo nas vezes em que lhe tentavam impor (ainda que de forma mais apaixonada, ou até, agressiva) pensamentos radicais e diversos dos seus. Principalmente nas tratativas mais polêmicas, seguia os passos ditados por Rosenberg, sem errar a toada proposta. Expunha os fatos aos seus interlocutores, deixando de lado críticas ou juízos morais (isso evitava lançar os outros na defensiva, com escudos à frente e espadas em riste). Expunha seus sentimentos sinceros e assumia as responsabilidades sobre eles (aprendeu que, se assim não expusesse, ficaria engolindo sapos indigestos até que, no limite, acabaria explodindo ou cuspindo fogo em alguém, por qualquer bobeira de momento). Arrematava expondo suas necessidades e fazendo seus pedidos, fugindo do paradigma tradicional da mera tentativa de imposição de vontades por quem, soberbamente, só sabe ditar ordens aos demais. Era um verdadeiro pontífice, daqueles de propósito verdadeiro, que se dedicava a construir pontes, pelo desejo sincero de chegar ao outro lado e plantar uma mensagem positiva junto aos seus interlocutores. Conseguia, enfim, unir-se aos outros, por pura adoção de uma fórmula de comunicação mais humana e não alienante da vida.

Antes de manifestar seu desejo – direito agora já adquirido e de realização iminente – resolveu bater um papo mais descontraído com seu parceiro gênio. Questionou, por curiosidade, se alguém que já achou a lâmpada, não havia conseguido cumprir os requisitos para ter o pedido atendido. O gênio respondeu, sem pestanejar: "Vish! É o que mais acontece!"

E prosseguiu exemplificando. Disse que teve quem escolhesse o "Bhagavad Gita" e, apesar de dizer que era sua obra guia, não vivenciava o reto-agir e ignorava as mensagens pedagógicas do karma. Bem ao contrário, seu "eu humano" (tal como na representação de Arjuna), estava usurpado pelo próprio ego, ignorando por completo as influências do "Eu Divino" e plenamente realizado (simbolizado por Krishna).

Outro falou que era um fervoroso seguidor das ideias Aristotélicas, extraídas do clássico "Ética a Nicômaco". No entanto, mostrou-se um vivente infeliz, que não praticava virtudes e não se importava com isso. Ideias como as de "justo meio", razoabilidade e equidade, não combinavam com suas posturas extremistas de defesa do próprio umbigo. Era um daqueles cidadãos malandros, que dava rasteira em cobra e vendia até a mãe, apesar de não entregar.

O gênio disse que poderia ficar uma eternidade ali contando os "nãos" que teve que dizer aos sortudos imerecidos. Foram vários fãs de Machado de Assis que, em vez de aprenderem com suas mensagens de crítica social, pareciam viver a vida de alguns de seus personagens mais degenerados. Quantos não citaram a Bíblia e, infelizmente, só a ostentavam verborrágica e formalmente, como carapuça social jamais praticada. O filtro do "livro mais importante da vida" vinha revelando-se, apenas, como um teste sintomático para achar quem levava (ou não) uma vida com propósito, crescendo, aprendendo e fazendo o bem.

Papo foi e papo veio, deu tempo do homem pensar e repensar o desejo. Não teve dúvidas: pediu o fim das guerras, em todo o mundo!

Ficou com raiva do nosso amigo? Achou besta seu pedido? Rotulou-o de tonto, vacilão ou humanista utópico? Bom, ele passou na prova do gênio! Quem assim o julgou, se fosse o próximo a achar a lâmpada mágica, também passaria?

HO! HO! HO!

Agnaldo é vendedor, dos bons. Um batedor de metas inveterado. Desde que entrou na nova empresa, foi logo avisado que sua vida profissional e seu sucesso, ao menos ali, dependiam da entrega de resultados. Sempre fez das tripas coração para buscar as cenourinhas que lhe punham à frente. No começo, já matava um leão por dia. Depois que viram seu desempenho, os gestores derramaram-lhe elogios e, à reboque, passaram-lhe novas e maiores metas. Disseram que, na verdade, estavam a propor "desafios" que o fariam chegar ao topo. Lá se foram folgas e finais de semana. Horas extras acumulavam-se em proporção geométrica, o que pouco importava para ele, já que só havia conseguido aquele trabalho com a tal PJ. Os leões de antes, passaram a virar dragões e outros monstros, que nem os super-heróis dos quadrinhos tinham condições de enfrentar. As metas ficaram inatingíveis, impossíveis e cruéis. Veio, então, a exaustão física e mental. A chefia, diante disso, mudou o semblante e os elogios viraram exposição pública de seus resultados insatisfatórios (adjetivados, em reuniões, como pífios e medíocres), com o tempero amargo da comparação vexatória diante de seus pares. O fim de ano chegou, mas, com gostinho de "derrota" pessoal, de decepção consigo mesmo e de desânimo para qualquer comemoração festiva.

Melissa é estudante do ensino médio, vestibulanda e candidata a uma das concorridíssimas vagas da faculdade de medicina. Filha de médicos renomados, sempre ouviu dos pais que a excelência nos estudos estava acima de tudo. Somente assim, seria a primeira da classe e, no futuro, a melhor na profissão. Para tanto, davam-lhe do bom e do melhor em termos de recursos materiais e estruturais, incluindo, escola de ponta, material didático do mais moderno e recursos tecnológicos de todas as ordens. Seu colégio vendia estatística de aprovações. É certo que menosprezava a parte humanística, em prol de uma transmissão de excelência de conteúdos técnicos. Ali os alunos não eram formados para bem integrarem a sociedade. Eram, sim, treinados para passarem nos vestibulares vindouros, como se fossem cavalos predestinados ao turfe. Para a redação, ensinavam-lhe a receita de bolo, a ser seguida em seus mínimos detalhes (na Fuvest faça assim, na Unesp faça assado, na Federal tal, se não colocar isso, não passa). De fato a menina era dedicada e estudiosa. O que lhe consumia era a expectativa lançada por seus pais. Mesmo sem querer, diziam-lhe que "ano que vem você estará na mesma faculdade que fizemos!". Quando tentava desabafar sua preocupação sobre a dificuldade da prova, retrucavam-lhe: "Ora, minha filha, nós passamos sem cursinho, fazendo escola pública. Imagina você!". Enfim, a ansiedade arrebatou-lhe a alma bem na véspera das provas. O pânico agiu como um veneno inibidor do livre raciocínio. Frustração de todos, muito embora os pais tivessem aquilo como "frescura dessa juventude de hoje". Ficou um climão familiar, justo na época das festas de final do ano.

Osvaldo sempre foi um gordinho simpático. Nada de patológico, era só um tipo "mais cheinho", de bem com a vida e consigo mesmo. Trabalha, faz suas leituras, vez ou outra caminha no final da tarde ouvindo música, joga futebol uma vez por semana, no mais das vezes regado a um churrasco sequencial com os amigos. Tudo ia, enfim, "suave na nave", até que um pool de pessoas próximas (amigos, familiares, coaches, palpiteiros e outros que tais) inventaram de lhe infernizar com uma suposta necessidade de emagrecer e "fazer academia". Marcou consulta na nutricionista recomendada por um deles e saiu com uma lista de "não comes e não bebes", maior do que a de "comes e bebes" autorizados. Inscreveu-se na academia da moda, onde desfilavam bombados com micro camisetas cavadas, em meio às trincadas de corpo escultural, o que lhe gerou certa angústia pela inevitável comparação e, também, pelo papo esquisito daquele povo, pautado em treinos, séries, pesos e suplementos proteicos. Suava, nos aparelhos, mais que coca-cola do lado da churrasqueira e ficava ansioso por resultados imediatos (proporcionais a tanto esforço). Para piorar, ouviu de um "colega de academia" que o ideal, em termos de malhação, seria mesmo fazer crossfit e que academia era mera perfumaria. Bom, fechou o ano ainda gordinho, cansado e levemente decepcionado com sua nova vida de "iniciante no mundo fitness".

Raquel nunca foi gordinha. Ao contrário, quando pequena era praticamente um "chassi de grilo", seca e hiperativa. Fazia – e bem – todos os esportes. Desde a mais tenra idade foi moldada na ginástica artística. Tinha o perfil de uma atleta de ponta, talento este que foi logo descoberto por "olheiros" do ramo. Sua adolescência foi dedicada aos treinos e à vida disciplinada. Sua cabeça foi moldada em superação de limites e marcas, mirando sempre o topo do pódio. Foi sucesso nas competições nacionais. Que alegria! Vieram os torneios internacionais e, mais uma vez, superação e êxito. Uma explosão de alegria! Neste ano, o coraçãozinho da moçoila pediu e ela começou a namorar um rapaz, de fora do seu circuito de esporte, treino e competições. Era um destes nerds mecatrônicos, meio bonachão, fanático por videogames e, de qualquer forma, extremamente agradável e atencioso com a menina. Entraram na rotina novos hábitos, como um cineminha, balada com a galera, lanchinho aqui, pizza acolá, sorvetinho e muito amor. O treinador logo chamou Raquel de canto e disse-lhe que atleta de ponta não poderia ter esse tipo de vida. Rezou todo o terço que lhe cabia e cortou a "farra" da pobre coitada (que, diga-se de passagem, de farra, nada tinha). O namoro sucumbiu aos poucos, não suportou as novas regras e restrições. A pequena atleta retomou a rotina rígida de antes, porém, sem o mesmo brilho nos olhos e com um turbilhão de sentimentos reprimidos fervilhando em seu íntimo. Não pegou pódio na última competição. Chegou em dezembro assim, sem namorado, sem medalha e sem saber, ao certo, seu rumo de vida.

Acreditem, ou não, Papai Noel, vendo (de cima, é claro) tais cenas paralelas da convivência humana, ficou condoído e preparou-lhes um combo natalino especial, que veio embrulhado num belo papel de presente, com direito à laço de fita e tudo. Junto, o bom velhinho mandou um envelope com uma carta, escrita de próprio punho, com letra firme, cheia de requintes e rococós, digna daqueles calígrafos que se dedicam a gravar os convites de casamento de outrora. O conteúdo foi mais ou menos o seguinte:

Meus amados Agnaldo, Melissa, Osvaldo e Raquel.

Mesmo sem se conhecerem, quero que saibam que todos receberam a mesma carta e o mesmo presente. Espero, de todo o meu coração, que gostem e aproveitem. Sei que não me enviaram carta ou pedido neste ano, como já o fizeram em suas infâncias bem passadas. Mas, como enxerido que sou (coisa de gente velha, talvez), acompanhei suas trajetórias no último ano e, para poupar o questionário tradicional, já adianto que sei que foram e são bons meninos e meninas.

Estou a par do que passaram e, também, sei que estão cansados, exaustos e um tanto quanto angustiados. Para falar bem a verdade, vocês estão na iminência de sofrerem um silencioso (e perigoso) infarto da alma. O quadro de vocês não é isolado, estejam certos disso. É uma pandemia pós-moderna, de uma enfermidade neuronal, diferente das doenças bacterianas ou virais que tradicionalmente assolam o mundo.

Vivemos numa sociedade de produção e consumo, onde somos instados a um fazer incessante, competitivo e frenético. Hoje, dizem que a vida de sucesso é apenas a de quem é rico, a de quem atinge o primeiro lugar nos esportes, a de quem trabalha atingindo metas e desafios em escala infindável, a de quem tem o corpo ideal (nos padrões do modismo da vez), dentre outras excentricidades impostas pelo senso comum fútil e materialista.

Adoecemos, hoje, pelo excesso de positividade (produzir, produzir e mais produzir), apesar de, no passado, já termos padecido pelo excesso de negatividade (época de uma sociedade disciplinar, pautada pela repressão, vigilância e ameaça de punição, conforme bem mapeado por Foucault). Essa imposição do positivo, em nossas vidas, vem acompanhada de massiva estratégia de publicidade (como eram as atrativas propagandas de cigarro e cerveja), de serventia e propósitos bem duvidosos. Vivemos uma pseudoliberdade, cerceada pela coerção dos dogmas de grupos, amigos, familiares, chefes, colegas de trabalho e outros convivas.

Empurram-nos livros de autoajuda, como pílulas mágicas de alegria e sucesso. A leitura mais consumida é a das tantas regras para ser feliz, ou das outras tantas fórmulas para o sucesso, como se fosse possível tamanha simplificação, diante do ineditismo do roteiro de nossas vidas.

Descansar, então, virou palavra inimiga da sociedade de produção, um suposto subterfúgio dos fracos e derrotados. Somos engolidos pelo comportamento de massa, em todos os nossos círculos sociais, numa lógica de que todos devem ser iguais em aparência e comportamento (tendemos à perda da individualidade e da personalidade própria). Viramos servos do nosso ego, instados a acelerar mais e mais, cegos do destino. Agimos como hamsters insanos, correndo em suas rodas acrobáticas, sem sair da gaiola. Convencem-nos, sem percebermos, que devemos correr mais rápido que a nossa própria sombra, numa competição inglória e injusta com a nossa autoestima. E se assim não fizerem, serão taxados de vagabundos ou de "braços-curtos". A pós-modernidade democratizou a antiga melancolia, disseminando-a numa depressão egóica e pandêmica.

O diagnóstico acima é o da sociedade pós-moderna, em geral. Não quero que se sintam culpados, pois, de fato, não o são! Desejo, contudo, oferecer-lhes, como presente, a potencial vacina destes males da alma. Por isso, peço que prestem bem atenção e reflitam sobre suas vidas.

A base profilática do tratamento é a empatia, que faz com que nos identifiquemos e nos importemos com os outros, quebrando o paradigma da postura egoística. Como toda vacina, pedaços dos sentimentos dos outros devem ser injetados em nossa alma, para que, em reação, ganhemos força imunológica de enfrentamento da sociedade, com um propósito de verdadeiro valor espiritual.

Além disso, a vacina tem o ingrediente do "não-trabalho", como verdadeiro direito do nosso corpo e da mente, tal como já foi preconizado por Paul Lafargue, em sua obra clássica "O direito à preguiça". Devemos nos autorizar ao lazer, à inação contemplativa ou, até, ao ócio. Tudo isso, não como recompensa do trabalho árduo, mas, sim, como parte natural (e necessária) da vida de todo e qualquer ser humano.

A vacina passa também pela dose de individualidade (não confundam com individualismo) verdadeira, que lhes autorizarão serem autênticos e fiéis aos seus princípios familiares, espirituais e estruturais de vida, mesmo quando estiverem num meio social viciado, ou se depararem com comportamentos de massa perniciosos. A individualidade inibe o individualismo egoísta e é simpática ao altruísmo, que revigora e tempera a convivência humana.

Meus meninos e meninas, sei que já passaram da idade da fantasia e, agora, têm condições de perceber que sou Papai Noel e não mágico, adivinho ou profeta. Sou um personagem que, para fazer jus a fama, continuo a me preocupar com vocês (mesmo depois de grandes) e, para ajudá-los, sigo estudando, aprendendo um bocado e, na medida do possível, compartilhando boas energias e pensamentos.

Digo isso, porque as ideias que lhes trago hoje, nesta carta, não são minhas. São do filósofo sul-coreano, Byung Chul Han, extraídas principalmente de seu livro, "Sociedade do cansaço", obra, aliás, que é um dos presentes que lhes ofereço. Rogo que reservem um momento de paz e calmaria, longe de qualquer ofício tradicional, para a devida leitura e reflexão.

E, para que não digam que o Papai Noel ficou muquirana, envio-lhes, também, uma medalhinha de ouro (esclareço que o metal foi escolhido não pelo valor, mas, pela nobreza de seu significado), com a gravação de uma flor de lótus, para que, inspirados em sua simbologia, consigam viver e bem navegar suas vidas, em qualquer meio hostil, sem contaminação de suas essências, de modo a desabrocharem, em seus destinos, sempre limpos e puros, no melhor sentido da alma.

Ah! Já ia esquecendo. Depois do natal vem a passagem de ano. Encarem a data como verdadeiro ritual de celebração do final de um ciclo e começo de outro. Agradeçam pelas virtudes e dádivas alcançadas. Inventariem, suplantem e sepultem as atitudes viciosas praticadas e aprendam com as dores suportadas. Renasçam fortalecidos e conscientes para um ano inédito, belo em potencial, cheio de oportunidades de bem viverem e de serem fatores de soma na sociedade. Após estarem vacinados, espero que contaminem e imunizem outros. A vacina é gratuita e, replicar, só lhes fará bem.

Desculpem o mal jeito e a prolixidade da carta, meus queridos, ainda estou engatinhando nessa minha nova fase de Papai Noel mais esotérico e filosófico. Ho! Ho! Ho!

O PORTEIRO DO CÉU

Ele morreu aos sessenta e oito anos de vida. Passou dessa para uma melhor, ao menos nas palavras convictas ditas pelos que ficaram, numa provável tentativa especulativa de lhes gerar algum conforto. Deixemos, contudo, os viventes um pouco de lado, para acompanhar a viagem de subida daquele que, agora, rumava ao plano imaterial, ainda com certo receio daquilo que estava por vir e lhe era desconhecido.

Chegou na porta do que parecia ser o céu e foi recepcionado por um senhor de túnica branca (traje que lhe remeteu a um homem religioso retrô), muito cortês. O ambiente transbordava calma e serenidade. Em sua mente pululavam dúvidas e perguntas, situação que era comum de ocorrer no *check in* daquele novo rincão espiritual. Imperava, nos recém-chegados, um sentimento de apreensão, pela expectativa de serem julgados pelos atos de vida e, possivelmente, sentenciados à cruz ou, na pior das hipóteses, à caldeirinha.

O porteiro do céu, com uma provável experiência de milênios, tinha uma estratégia bem pedagógica para dar as boas-vindas às almas viajantes que, ali, apresentavam-se perdidas em seus antigos padrões de tempo e espaço. Numa espécie de papo-reto celestial, já o recebeu dizendo que tinha duas notícias para dar.

Ao ouvir aquilo, com a memória das piadelas comuns da vida recentemente abandonada, disse que, sendo por certo uma boa e outra ruim, que esta última lhe fosse dada antes, pois, afinal, o que poderia ser pior do que o baque de sua própria morte? A boa, depois, serviria de prêmio de consolação, segundo o seu raciocínio de momento.

O porteiro retrucou na mesma toada da elegante acolhida inicial: "Nada disso, meu filho! Aqui não usamos esse padrão polarizado a que vocês estavam acostumados em vida. Desarme-se, confie nos planos do Divino e, principalmente, desapegue um pouco da sua recente vivência na Terra, para que possamos conversar."

Com tudo mais calmo, o *hostess* do plano espiritual prosseguiu dando a primeira notícia. Confirmou sua morte material e, ao mesmo tempo, fez questão de esclarecer que apenas a energia material havia sucumbido. Em compensação, as energias espiritual e mental estavam ali, firmes e fortes, vibrando e prontas para alguma espécie de continuidade, cujos detalhes não precisavam lhe ser revelados desde logo e, muito menos, por ele e de supetão. Disse que tais energias remanescentes faziam parte da essência imortal da vida de cada um, sendo o combustível para a sequência da evolução e do pleno cumprimento dos desígnios de Deus.

Ocorre que aquela pobre alma, de forma compreensível para nós (pensando daqui de baixo), ainda estava magoada com o seu recente falecimento material. Sentia-se como um participante de bingo que, ao ouvir cantar o número sessenta e oito (o da sua idade), ganhou seu passamento numa pedra só, mesmo sem desejá-lo naquele instante, pelos inúmeros projetos ainda não concluídos. Então, desabafou:

"Bom! Já que eu posso falar, vou ser franco e direto, tal como fui tratado ao chegar nestas novas bandas. Não quero parecer chato, neste nosso primeiro contato, mas, tenho uma reclamação a fazer! Por que a vida é tão breve? Acha justo que eu tenha vivido apenas sessenta e oito anos? Estou na labuta desde os catorze anos. Fui conseguir aposentar só com sessenta e cinco anos e, para complementar a renda, continuei fazendo bicos aqui ou acolá. Nos últimos anos, quando consegui um tempinho para fazer o que sempre havia planejado – descansar um pouco, curtir a família e os netos – morri!

O nosso controlador de acesso da portaria celestial, então, explicou que, segundo ordem Superior, todas as dúvidas, nessa primeira etapa de ascensão, além de legítimas, deveriam ser respondidas por espíritos especialmente designados e conhecedores de cada assunto. Apresentou-lhe, então, o especialista em tratar "sobre a brevidade da vida". Deixou bem claro que, naquela conversa, não haveria hierarquia, imposição de dogmas e, tampouco, julgamento sobre a vida recém-vivida. A intenção era de puro aprendizado e de reflexão conjunta, para o já citado propósito maior de evolução.

Tendo ouvido o desabafo daquela alma queixosa e, ciente da trajetória de vida por ela enfrentada, o nosso especialista pediu permissão para passar algumas impressões, com base no que tinha visto e estudado ao longo dos tempos. Tinha algumas anotações que trazia a tiracolo e, a partir delas, fomentou um diálogo.

(Especialista) "Não temos pouco tempo, mas desperdiçamos muito. A vida é longa o suficiente e nos foi dada generosamente para a realização das mais altas empreitadas, se toda ela for bem empregada; mas quando se dissipa no luxo e na negligência, quando se gasta em nada de bom, só então, constrangidos pelo fim inescapável, sentimos que passou enquanto não percebíamos que passava. É assim: não recebemos uma vida breve, mas a tornamos; e não somos carentes, mas pródigos."

(Recém-chegado) "Pensando bem, realmente fui pródigo com meu tempo de vida. Numa conta curta, fiquei um tempão sem falar com meus pais, por picuinhas bestas. Suprimi tempo de convívio familiar para, tolamente, prestigiar falsos amigos, por reiteradas vezes. Tempo perdido vendo besteiras na internet, então, nem se fale!"

(Especialista) "Vocês temem tudo sendo mortais, e desejam tudo como se fossem imortais. (...) Quão atrasado é começar a viver quando a vida está para terminar! Como é estúpido esse esquecimento da mortalidade e deixar os melhores planos para os cinquenta e sessenta anos e ainda querer começar a vida em um ponto ao qual poucos chegaram! (...) Ocupam-se efetivamente para que vivam melhor. Constroem uma vida ao gastar a vida! Organizam seus planos em longo prazo, mas a protelação é o que há de maior prejuízo para a vida. Esta primeiro retira de nós cada um dos dias, arranca o presente enquanto nos promete o futuro. O maior obstáculo da vida é a expectativa, que depende do amanhã e perde o hoje."

(Recém-chegado) "Meu Deus! Agora também consigo tomar consciência desse desengano da protelação! Caí naquela que "a vida começa aos quarenta" e, se não fosse o suficiente, fui barrigando meus mais sublimes planos de vida, de década em década, sem ultimá-los como deveria. Acreditei na toada do Zeca Pagodinho, "deixa a vida me levar..." e me dei mal. Vivi para trabalhar e não sobrou tempo para viver. Que pena que a maturidade venha tarde, ao menos para uma massa de viventes autômatos, como eu o era, daqueles que apenas sobrevivem, sem a consciência de um propósito maior de efetiva vida bem vivida e aproveitada virtuosa e evolutivamente."

(Especialista) "Deve-se aprender a viver por toda a vida, e, por mais que você se admire, toda a vida é uma aprender a morrer. (...) Eu digo, revise e reconte os dias da sua vida; verá que sobraram para você poucos e sem valor. (...) Mas, aquele que concede o tempo ao seu próprio uso, que dispõe de cada dia como se fosse o último, nem deseja o amanhã e nem o teme."

(Recém-chegado) "Taí um bom exercício, que eu nunca fiz em vida. Realizar um balanço, no início e no fim de cada dia. Como seria diferente se eu tivesse me questionado, com frequência: "o que eu faria hoje, se fosse morrer amanhã?" ou "se eu morrer hoje, o que vivi até ontem, valeu a pena?". E, para ser bem sincero, eu pensaria nisso sem medo da morte, mas, como precioso exercício para valorização do tempo e do hoje. Eu, infelizmente, não aprendi, durante minha vida lá embaixo, a morrer.

(Especialista) "A vida se divide em três momentos: o que foi, o que é, o que será. Destes, o qual estamos vivendo é breve, o que vamos viver é dúbio, o que vivemos é certo. (...) Portanto, aos ocupados apenas pertence o tempo presente, que é tão breve que não pode ser agarrado, e mesmo este é retirado deles por estarem distraídos com muitas coisas."

(Recém-chegado) Se eu puder escolher alguma definição para minha condição de vida na Terra, é a de alguém que foi, definitivamente, "ocupado". O excesso de ocupação com interesses dos outros foi consumindo meus dias, até a morte, sem que eu percebesse. Nunca fui dono de meus rumos. Achava-me o profissional de ponta e especializei-me fora dos meus gostos pessoais, pela "tendência do mercado". Fui acumulando dinheiro e, distraído, não percebi que passou o tempo de gastá-lo naquilo que realmente importava na minha vida. A grana reservada (e não era muita) serviu para pagar remédios e hospitais, no final de minha trajetória.

(Especialista) "É brevíssima e agitadíssima a vida daqueles que se esquecem do passado, negligenciam o presente e temem o futuro; (...) "querem pular os dias que faltam, pois para eles é um longo atraso tudo aquilo que se espera."

(Recém-chegado) "Agora piorou. Fazendo aqui umas contas de padeiro, lembrei quantas não foram as vezes que falei "não vejo a hora do tempo passar até chegar o final de semana". Ficava ansioso com uma viagem de final de ano e, se pudesse, pulava vários meses de vida para antecipar o evento. Inúmeras vezes desejei que fosse já o amanhã, para passar a ressaca de uns goles a mais de ontem. Quanto tempo de vida desperdiçado, na minha própria mente, com o sentimento de que poderia ser suprimido. Depois de tudo isso, ainda tenho a pachorra de chegar aqui reclamando que a vida foi curta! Nada mais contraditório!"

Enfim, conversaram mais alguns instantes, sem pressa. Afinal, o tempo ali era o objeto de discussão e não de preocupação. O queixoso estava domado. De forma inédita, ainda que no pós-morte (antes tarde do que nunca!), acabou usufruindo de um prazeroso ócio reflexivo, de efeitos sublimes e esclarecedores para sua consciência evolutiva. Pediu, então, ao simpático porteiro do céu, que lhe desse a segunda notícia.

(Porteiro do céu) "Então, a segunda notícia, que espero lhe seja aprazível e simpática, é a de que seu aprendizado continua aqui em cima e, como pôde perceber, já experimentamos avanços significativos nesta nossa breve conversa de antessala. Não se preocupe com o que lhe espera depois. Tenha a consciência de que não somos eternos, pois somente Deus o é. Porém, a partir do momento em que fomos criados por Ele, somos imortais, como alma. Tal como lhe disse alhures, confie no Criador, porque, daquela porta em diante, estarás nas mãos Dele."

O homem, então, reconfortado por ter sido colocado nos trilhos do verdadeiro sentido da existência, não se conteve, pediu perdão pela curiosidade (vício terreno que ainda lhe marcava a personalidade) e, sem cerimônias, questionou quem seria aquele especialista que lhe havia aconselhado.

O porteiro do céu, com um leve sorriso de canto de boca, cochichou ao pé do ouvido daquela alma perguntadora: "Não é minha função falar da vida dos moradores deste plano, mas, como quem guarda segredo é cofre, vá lá. É um tal de Sêneca, filósofo que viveu em Roma no século primeiro antes da passagem do Nosso Senhor. Dizem que as anotações que carrega foram a base para suas obras. As citações que ele profere estão no seu célebre escrito: "Sobre a brevidade da vida". Enfim, como muita gente chega reclamando que a vida é curta, eu sempre o chamo para dar uma força aqui na recepção. E, convenhamos, o cara é porreta! Daqui a pouco eu mesmo já estarei em condições de explicar sozinho, para o povo que chega, que a vida, de fato, não é breve. Nós é que a desperdiçamos!"

OBRA DO ACASO?

Hermes era um daqueles alunos medianos de uma escola bem conceituada. Sempre levou a vida na flauta. Acelerava quando a água batia nos fundilhos e descansava quando a sentia nas canelas. Estudava apenas o suficiente para tirar a média mínima (dizia, de forma sarcástica, que era para não gastar "fosfato"). Livros com mais de uma centena de páginas jamais foram percorridos por seus olhos. Afinal, se a *internet* lhe brindava com resumos de todos os tipos, tamanhos e gostos, por que não aproveitar o tempo e o trabalho dos outros, de modo a fazer sobrar horas de seu dia para os tão preciosos joguinhos eletrônicos?

Passou de ano em ano e, ao final do ensino médio, foi admitido numa faculdade destas de vestibular contínuo e meramente protocolar. Diziam as más línguas que ele passou desavisado pelo portão e foi laçado por um paqueiro de egressos e, como era de se esperar, não reagiu a tamanha mamata. Matriculou-se.

Abriu mão de fazer estágio, para não sacrificar sua vida de boemia universitária. A única coisa que lhe demandava tempo e organização, era a planilha com seus índices de presenças nas aulas, o que lhe autorizava a faltar o quanto suficiente para não reprovar neste quesito. Em compensação, tinha presença total nas festas e baladas organizadas pelo campus afora. Formou-se, enfim.

Alguns colegas de curso sugeriram uma pós-graduação, pois tinham consciência da fragilidade dos ensinamentos acadêmicos que receberam naquela instituição. Hermes, contudo, achou um trabalhinho suave num escritório qualquer, algo bem burocrático e que sequer exigia a formação superior que obtivera. Era tudo o que queria. É certo que não havia perspectiva de progresso, o que também não lhe preocupava. Importava ter uma ocupação e receber uns trocados para complementar a mesada dos pais, que ainda recebia (e torrava toda) com muito gosto.

Os anos passaram. Os pais faleceram e, sendo filho único, deixaram-lhe parcos bens. Recebeu um pequeno apartamento, além de alguns bens móveis e certo valor em espécie. Como de ordinário fazia, havendo aquela pequena gordura financeira para queimar, ele efetivamente queimou-a nas mais prazerosas banalidades de consumo passageiro. Ficou só com o imóvel, onde passou a morar. A antiga mesada, naturalmente, minguou. Seu salário, agora, não dava para o básico. Não teve dúvidas (e também não pensou duas vezes), pediu empréstimos em bancos para manter seus hábitos, sem cogitar em reduzir despesas e nem em aumentar receitas. A bola de neve só foi crescendo.

Certo dia, foi chamado no departamento de recursos humanos. Foi todo lépido e fagueiro, achando que era aumento de salário, mas, infelizmente, deu com os burros n'água. Ouviu aquela costumeira cantilena sobre dificuldades financeiras da empresa e o necessário corte de colaboradores, dentre os quais, ele. Recebeu, ali, o famoso cartão azul (não foi vermelho, porque, apesar de só trabalhar o "feijão com arroz", não havia cometido qualquer falta grave). O fato é que estava fora, desempregado, desamparado e, literalmente, sem pai, nem mãe.

No período de seguro desemprego, correu atrás de nova colocação. Participou de várias seleções e sequer notou que vários outros candidatos, inclusive os mais jovens, ostentavam currículos não só com graduação na área, mas, também, com cursos de extensão, especialização, MBA, habilidades em línguas, experiências acadêmicas e profissionais em organizações grandes e de renome, dentre outros adornos que brilhavam diante dos olhos dos recrutadores. Peregrinou de endereço em endereço, de vaga em vaga, de fila em fila, sem sucesso. Apostava, reiteradamente, que a sorte viria no seguinte.

Ledo engano! Os meses foram passando e, agora, como nunca, o aperto financeiro estava em vias de estrangulamento. Nas suas andanças, deparou-se com um antigo e querido amigo do colégio, que aparentava estar muito bem de vida. Marcaram uma conversa numa dessas livrarias grandes, com café.

Hermes desabafou todo o seu calvário, disse que a sorte não lhe havia sorrido nos últimos tempos, atribuindo sua triste situação atual à obra do acaso. O amigo ouviu todo o histórico do desafortunado e também contou-lhe sobre a sua árdua – mas, bem sucedida – trajetória de estudos, preparação, superação de dificuldades e crescimento.

Após, com a devida cautela e delicadeza, deu um puxão de orelhas no companheiro das antigas. Em primeiro lugar, externou seu sentimento de preocupação, já que nada daquilo, na sua visão, parecia ser obra do acaso e, tampouco, questão de boa ou má-sorte. Disse, aliás, que havia trabalhado com um antigo gestor que, tornando-se um grande amigo, indicou-lhe estudos sobre os fenômenos do universo e o sentido da nossa existência. Explicou, de forma objetiva, sem soberba ou preciosismos filosóficos, que esse entendimento foi muito útil para a sua melhoria como ser humano e, também, para a correção dos rumos de sua vida, pessoal e profissional.

Fez, então, uma proposta ao amigo, que, na realidade, consistia tentativa de drástica (e positiva) mudança de comportamento, sem a qual, qualquer ajuda que lhe pudesse ser prestada, tornar-se-ia, em pouco tempo, inócua e mal sucedida. Aproveitando o mote do local em que estavam, presenteou-lhe com um livro, que considerava como o seu guia de vida. Era "O Caibalion", cuja autoria é atribuída, com certa controvérsia, a William Walker Atkinson, obra esta que, de forma extremamente ousada, buscava explicar os acontecimentos do universo manifestado, através de sete princípios herméticos. Aproveitou para falar ao amigo sobre a figura de seu "xará", Hermes (só que o Trismegisto), a quem se credita a origem de todos estes ensinamentos.

Para facilitar o entendimento (já que a leitura, de plano, por quem não estava acostumado a ilações existenciais desta ordem, era sabidamente complexa), o amigo também lhe indicou que ouvisse uma palestra específica (na *internet*) sobre o livro. Pediu ao amigo que dedicasse especial atenção ao princípio da causa e efeito e, ainda, que fizesse um balanço dos passos de sua vida, buscando traçar um paralelo com os preceitos daquela obra. Com isso, na semana seguinte, voltariam a conversar.

Hermes topou a loucura. Afinal, estava sem emprego e as oportunidades estavam cada vez mais escassas. Retornou para o apartamento e fez como o amigo lhe havia recomendado. Assistiu à palestra sobre o livro e, desde então, identificou-se com aquilo que ouviu, em vários aspectos. Começou a leitura, fez várias anotações e, a cada capítulo, fazia o *link* com sua história pessoal até então vivida. Pela primeira vez, a leitura lhe foi aprazível e, além de tudo, proveitosa.

Na oportunidade do novo encontro com o velho amigo, estava com a cabeça fervilhando. Antes de qualquer coisa, fez questão de agradecer pela indicação da obra e pelo choque de consciência que havia experimentado, desde a última semana. Trouxe o livro, todo grifado e com anotações. Fez questão de falar sobre trechos específicos que lhe fizeram todo o sentido:

"Você estava com a razão quando pediu-me especial atenção quanto ao princípio da causa e efeito. Tudo, enfim, passou a fazer sentido! Acomodei-me nos estudos e num emprego pacato, não cuidei de minha capacitação profissional, gastei sem previdência ou reserva e, agora, tenho a consciência que foram estas as causas das dificuldades que hoje enfrento. Não foi má-sorte, foram escolhas impensadas. A opção de plantar vento foi a causa, que gerou o efeito (indesejado e obrigatório) da atual colheita de tempestade. Confesso que, ao cair a ficha da minha responsabilidade sobre o presente, fiquei triste com o meu passado e comigo mesmo. Depois, refletindo um pouco mais sobre a leitura, percebi que, pelo princípio da Polaridade, posso transmutar-me deste polo negativo, passando de peão (levado ao léu pelas circunstâncias do jogo), para um Mestre (consciente controlador das minhas causas e não mais apenas sujeito de efeitos indesejados). Coloquei isso como propósito sincero de vida, seguindo o que dita o princípio do Mentalismo. Entendi que, querendo trilhar uma carreira mais séria e responsável, precisava, antes, ter uma vida pessoal disciplinada e com propósito, como fruto (muito claro) da aplicação prática do princípio da Correspondência. Para viabilizar essa tão desejada transmutação mental, deixei de lamentar da vida e de reclamar de tudo e de todos. Agradeci a Deus pela dura lição que apenas agora recebi (antes tarde do que nunca) e, nas minhas atuais orações, passei a sentir um nível vibracional que me recarrega de esperança e energia de viver. Foi o princípio da Vibração atuando, a olhos vistos. Consegui, enfim, perceber que eu era um escravo dos meus desejos materiais e servo dos meus vícios de personalidade, oscilando de extremo a extremo, sem propósito e, também, longe de encontrar um centro, ou de conseguir neutralizar-me num razoável meio termo. Desrespeitei, enfim, o princípio do Ritmo e, apenas nesta semana, resolvi subir ao vértice deste pêndulo, de onde pude ter uma visão mais serena e sutilizada daquilo que me fazia mal. Na minha caminhada pelo mundo, nunca tive ideias próprias, sempre fui levado pelos modismos e pelas trilhas da facilidade. Não quero mais ignorar o princípio do Gênero e, prova disso, é que já comecei a refletir sobre minhas ações, criei estratégias de mudança e evolução e, com muita fé, planejo implementá-las, paulatinamente. Muito obrigado, mais uma vez!"

O amigo ouviu atento e satisfeito. Afinal, sabia que a maior doença dos seres humanos sempre fora a falta de consciência sobre sua razão de existência e acerca da lógica dos acontecimentos da vida (cosmos). Os sintomas eram o sofrimento diante dos revezes da vida (supressor do esperado aprendizado), além da terceirização da culpa aos outros, ao acaso ou à sorte (numa alienante e perigosa negação da responsabilidade diante dos próprios atos). Agora, sentia que era o momento adequado para ajudar o querido parceiro das antigas. Ofereceu-lhe um emprego, modesto, mas, com possibilidade de progressão de acordo com o plano de capacitação disponibilizado por sua empresa, o que foi aceito de muito bom grado. Afinal, era mais uma prova de que o universo efetivamente nos responde de forma positiva, sempre que lhe dedicamos boas causas e propósitos mais elevados.

Não por acaso (e, por óbvio, não poderia sê-lo), terminamos assim a história do nosso Hermes, num paradoxo provavelmente já vivenciado por muitos, onde o fim foi, na verdade, um novo começo.

QUE ATIRE A PRIMEIRA PEDRA...

Início do curso da faculdade de Direito. Turma de primeiro ano, muito animada diante daquela nova fase da vida, agora no modo academia, junto com seus potenciais amigos e futuros pares de profissão. Época, sem dúvida, de euforia pujante.

Logo na primeira semana de aula, um professor apresentou-se aos alunos, como de praxe o fazia. Disse que não era propriamente um jurista, mas, antes de tudo, um humanista. Com um certo ar paternal, contou aos alunos que, desde sua estreia na mesma faculdade, onde agora estava a exercer a docência, iniciou uma sanha objetivista e legalista incontrolável, como se a aplicação fria da letra da lei (doesse a quem doesse!), fosse a salvação do mundo. Explicou que esse sentimento foi se arrefecendo aos poucos. Não foi em razão da idade, mas, principalmente, pelo amadurecimento diante da observação prática dos desmandos provocados pela aplicação – má e seca – do Direito, perante a humanidade afora. Rogou aos futuros juristas, à sua frente, que nunca deixassem de pensar que, ao fim e ao cabo, todo o ordenamento jurídico (princípios, leis e outras fontes que lhes seriam ensinadas) sempre deveria vislumbrar e respeitar a vida concreta dos seres humanos envolvidos, a preservação de sua dignidade, o tratamento igualitário e, também, a noção mais elementar de todas: de que as pessoas – todas, sem exceção – erram e, assim o fazendo, mais do que serem punidas exemplarmente, precisam aprender a assumir responsabilidades, arcando – de forma justa e razoável – com as consequências dos seus erros.

O velho professor falou empolgado e, num certo momento, acabou cerrando os olhos, de tanta energia que sentia transbordar de si aos seus pupilos. Porém, a experiência acadêmica logo lhe fez pousar novamente na realidade, para visualizar o semblante de espanto que dominava grande parte dos ouvintes. Era a oportunidade perfeita para passar a bola e ouvir o que tinham a dizer. Franqueou-lhes a palavra, solicitando que falassem suas impressões, principalmente sobre como se imaginavam, no futuro, atuando na área do Direito.

Apesar do acanhamento de muitos, o que é típico em turmas de calouros, sempre aparecem os faladores inveterados, que não se fazem de rogados para externar seu exímio dom de ter uma opinião formada (sempre boa e de convicção dogmática) sobre praticamente tudo. E foi com estes especialistas em "saber de tudo um pouco", que as manifestações ganharam vez e, depois, corpo.

Um rapaz levantou a mão e, sem sequer aprumar sua postura de bonachão (o corpanzil parecia ter sido jogado na pequena cadeira de braço e assim, estatelado, lá ficado), começou a externar sua opinião: "Professor, em primeiro lugar, com todo respeito, ouso divergir desta sua postura humanista. Nós, pessoas de bem, temos o direito de ter leis duras e de vê-las aplicadas, com todo o rigor, a quem quer que cometa crime. Aliás, quem comete crime não merece ser tratado como nós, seres humanos corretos e que estão do lado correto da força. Eu entendo que todos os que cometeram ou cometerem crimes, devam ser condenados e presos – "grade mesmo!" – sem penas alternativas e outras frescuras de "direitos humanos", que inventam por aí."

O catedrático, como era de se esperar (até por sua educação e formação), usou da costumeira escuta ativa, transmitindo interesse e atenção ao seu interlocutor, sem esboçar reação ou manifestação contrária, sequer por "caras e bocas". Nesse meio tempo, outra aluna também pediu a palavra.

"Eu concordo com o colega. Quem comete crime é bandido. Nós vivemos em uma sociedade onde as leis não são respeitadas e ninguém age com ética, muito menos os nossos políticos. Eu não vejo proveito algum, por exemplo, em pagar impostos, pois não recebo a contrapartida devida do Estado. É por isso – e para ser bem sincera – que eu sonego o que eu puder de impostos, para não fomentar mais desvios de dinheiro público. Se não fazem a parte deles, eu não sou obrigada a fazer a minha, simples assim!"

Um terceiro aluno, um senhor muito calmo e articulado, pediu licença para uma fala franca: "Sempre fui pequeno empresário do ramo de padaria e, de tanto tomar pauladas – com o perdão da palavra – também estou aqui para entender a me virar melhor neste mundo do Direito. Contratei gente que precisava, explicando que só poderia fazê-lo, na ocasião, sem registrar e pagar os encargos. Confiei no trato feito com eles "no fio do bigode" e, depois, fui traído e me "tacaram no pau". Fui vítima de criminosos, armados ou gatunos, por inúmeras vezes. Em relação a estes, não vejo salvação. Faço coro aos colegas, pois todo tipo de criminoso é bandido e, digo mais, bandido bom é bandido preso ou morto! Todos eles! Parece duro, mas é o meu sentimento sincero, como cidadão e agora estudante das ciências jurídicas."

Diante da contundência das intervenções, apesar de muitos encenarem um balanço positivo de cabeça, concordando com os discursos punitivistas, reinou um certo silêncio.

O velho professor, então, provocou a classe. Explicou que era comum, no início dos estudos jurídicos, que os estreantes tivessem uma ansiedade pelas questões de direito penal, que sempre ganham mais "ibope" e, também, mexem com as emoções dos cidadãos em geral. Dando sequência à sua estratégia pedagógica, pediu que levantassem a mão apenas os alunos que concordavam com as frases seguintes: "todo mundo que comete crime é bandido" e "todo bandido deve ser preso ou morto".

Nas duas enquetes a resposta foi sintomática do sentimento coletivo, uma esmagadora concordância, em relação a ambas assertivas.

O professor, então, disse que não estava ali para concordar ou discordar de ninguém. Seu papel, na realidade, era o de municiá-los com pílulas de conhecimento – jurídico, sociológico, ético, filosófico, dentre outros – capacitando-os com ferramentas para melhor pensarem o modo como aplicarão o direito. Disse, então:

"Meus queridos alunos, não é a hora, ainda, de lhes ensinar o direito penal. No entanto, como vocês se enveredaram por esta seara, gostaria que, agora, levantassem a mão apenas aqueles que nunca cometeram um crime até hoje."

Noventa por cento da classe levantou a mão com força total, como se tivessem lançado foguetes de autobajulação aos céus. Os outros dez por cento, refletiram por alguns segundos e, não se sabe se por vergonha ou irreflexão mais detida, também preencheram a unanimidade de santos seres humanos presentes. Então, o professor retomou:

"Fico muito feliz por vocês! Não obstante, se me permitirem, gostaria de citar alguns crimes, que são comuns em nossa sociedade e que talvez vocês não os conheçam como tais. Citarei exemplos. O crime de sonegação fiscal (artigo 1º e 2º da Lei 8.137/90) pune com detenção quem prestar declaração falsa ou omitir informações para a Receita Federal ou a outros entes públicos de arrecadação. Todos aqui têm certeza que prestaram informações fidedignas no imposto de renda? Um empresário que não registrar o empregado, ou não fizer a retenção do INSS de um trabalhador autônomo, ainda que eventual (o garçom esporádico da lanchonete), está também a cometer o crime de sonegação fiscal previdenciária previsto no artigo 337-A do Código Penal e sujeita-se a pena de reclusão. Se alguém contratar uma empregada e não registrá-la de pronto, fazendo a anotação tardia na carteira de trabalho (com data sabidamente inverídica), comete o crime de falsificação de documento público (artigo 297, § 3º, II do Código Penal), punido com reclusão. E os crimes de trânsito, então. Ensinar o filho não habilitado a dirigir implica em prática criminosa (de ambos) e gera potencial detenção, conforme artigos 309 e 310 do Código de Trânsito Brasileiro. Embriaguez ao volante pode gerar detenção, conforme artigo 306 do mesmo Código. Isso se não matar ou ferir alguém, após esta aparente e inofensiva direção sob efeito de alguns chopinhos (socialmente ingeridos), hipóteses em que passaremos à lesão corporal ou ao homicídio, dos artigos 129 e 121 do Código Penal, respectivamente. Que tal a famosa permissão dos pais para que adolescentes, menores de 18 anos, provem um drink alcoólico qualquer, o que é tão comum nas festividades das famílias de bem em geral. Trata-se, também, de crime, desta vez previsto no artigo 243 do Estatuto da Criança e Adolescente, com previsão de pena de detenção. Quem já não xingou ou ofendeu a honra de outra pessoa num dia de fúria? A difamação ou a injúria, dos artigos 139 e 140 do Código Penal, também geram detenção. Outro dia, um cidadão de bem, dirigia seu veículo com a habilitação vencida, apenas porque precisava trabalhar. Parado numa blitz, conseguiu uma liberação após oferecer e pagar propina ao policial. Ele contava isso como se tivesse resolvido, com louvor, um problema cotidiano corriqueiro. Não lhe passou pela cabeça que tinha cometido o reprovável crime de corrupção ativa, apenado com reclusão (artigo 333 do Código Penal). Alunos de todas as idades, inclusive acadêmicos de direito (pasmem!), ainda copiam e colam, descaradamente, trabalhos e artigos da internet, apresentando-os como se fossem de suas autorias, sem ciência da configuração do crime de violação de direito autoral (o famoso plágio) do artigo 184 do Código Penal, com cominação de detenção. Aliás, comprar produto sabidamente falsificado (uma destas camisetas com um jacarezinho fake, que seja), também é crime capitulado no parágrafo 2º do mesmo dispositivo penal. Achamos que estelionatários são os enganadores profissionais e de carteirinha, mas, basta imaginar a situação de um trabalhador que, em comum acordo com a empresa, simula sua dispensa sem justa causa, apenas para sacar o FGTS e receber o seguro desemprego, mesmo mantendo (informalmente) seu trabalho e sua renda. A prática é comum, mas, evidentemente, ilegal, configurando estelionato (artigo 171 do Código Penal, sujeito à pena de reclusão). Bom, poderia falar aqui por horas, daqueles que já brigaram e machucaram alguém; dos que falsificaram atestados ou assinaturas para conseguir coisas banais (ou não); dos que foram racistas e discriminatórios em suas falas ou ações; dos que incentivaram ou praticaram aborto fora das hipóteses legais autorizadas; dos estagiários de direito que se apresentaram aos clientes como se advogados fossem; dos que, ébrios ou não, assediaram pessoas nas festas, com passadelas de mão ou achaques mais agressivos, imaginando que estavam apenas a dar cantadas ou fazer galanteios; dos que tiram racha nas estradas ou vias públicas; e por aí vai".

Neste momento, o professor parou de falar, viu uma plateia atônita e pensativa. Os falantes estavam mudos e com os olhos vidrados. Parecia que o discurso do velho docente tinha repercutido como um sopro congelante da princesa Frozen, do filme da Disney.

Antes que pudessem descongelar e pensar em autojustificativas para os próprios crimes – o que é uma tendência defensiva de todo ser humano, quando acuado em suas convicções – o professor retomou a enquete inicial. Pediu que novamente levantassem a mão apenas os alunos que concordavam com as frases "todo mundo que comete crime é bandido" e "todo bandido deve ser preso ou morto".

Agora, os braços de todos estavam misteriosamente pesados. Era possível visualizar a intenção de alguns em erguerem – ainda que timidamente apenas o membro canhoto – mas o peso que lhes impedia a manifestação era o que vinha da consciência. As cabeças viravam sobre os ombros, mas, apenas no ângulo suficiente para que se sentissem todos juntos e confortados no mesmo reconhecimento, indigesto, de que não queriam o radicalismo punitivo antes manifestado, simplesmente porque este também acabaria por lhes ser aplicado, em razão de seus próprios crimes.

Sem titubeios, tendo atingido a reflexão esperada, retomou o professor para o arremate da aula:

"Meus queridos. Não se apoquentam. A vida é assim, cheia de descobertas, revezes e oportunidades de crescimento. Infelizes daqueles que não param para refletir diante de seus dogmas de estimação. Rogo a todos vocês que pensem sobre o sentido da verdadeira justiça que vieram buscar neste mundo do Direito. Pensem nas próprias atitudes, antes mesmo de julgarem a conduta dos outros. Quero deixar claro que não prego a impunidade e, muito menos, a injustiça. Prego que a régua medidora da humanidade dos outros, seja a mesma com a qual medimos a nossa própria dignidade e postura ética. Lembrem-se de Aristóteles, em sua obra clássica "Ética a Nicômaco", quando nos ensina que "Na Justiça se encontra toda a Virtude somada". Pensem, por fim, na passagem bíblica que diz "quem dentre vós não tiver pecado, atire a primeira pedra". Até a próxima, meninos. Hoje – só hoje – a presença será coletiva. E não se esqueçam: que atire a primeira pedra..."

HIEROFANIA OU NARIZ DE CERA?

Esta é uma história – fictícia ou real, não importa – de uma instituição essencialmente iniciática, filosófica, filantrópica, progressista e evolucionista, onde os participantes pregam a prevalência do espírito sobre a matéria, preocupam-se com o aperfeiçoamento moral, intelectual e social da humanidade, vivem em fraternidade, combatem os vícios, cultivam as virtudes, dentre outros vários bons propósitos estruturais daquela ordem, que seguem mantidos de séculos em séculos, em todos os cantos do mundo.

A ideia iniciática da instituição está atrelada à seleção criteriosa de seus membros, em meio à sociedade em geral, a partir de uma peneira fina, através da qual só passam homens livres, de bons costumes e crentes num Ente Superior. Poucos costumam passar por este filtro social rigoroso e, os que passam, assumem um compromisso muito sério, que lhes impõe uma inédita e mais sublime forma de vida e existência. Para marcar este momento, o iniciado protagoniza um belíssimo ritual, que simboliza a passagem do profano para o sagrado.

O propósito daquela instituição – e de seus membros, em particular – é audacioso. Dedicam-se a trilhar, contínua e progressivamente, uma ascensão verticalizada da consciência, promovem a lapidação da razão e do espírito, de modo a bem edificarem suas próprias obras de vida, com foco na beneficência e, em última escala, na conquista da fraternidade universal.

Assim descrevendo, alguém poderia duvidar que tal instituição tivesse algum adepto, ainda mais num mundo cada vez mais individualista, voltado à satisfação da chamada sociedade de consumo e à acumulação de riquezas e bens materiais. Mas, acreditem, vários são os "loucos do bem" que topam esta empreitada.

Os seus membros, pela labuta sagrada a que se comprometem, são chamados, entre si, de obreiros. Estes, nos diversos países e cidades, organizam-se em pequenas células locais, as quais se denominam lojas ou oficinas. Nestas, funcionam seus templos, que representam verdadeiros centros de reunião fraterna e de concentração para os trabalhos sagrados.

Pois bem. O presidente de uma destas oficinas, localizada numa cidade do interior, era o responsável pela gestão de quase uma centena de obreiros. Dedicava-se, incessantemente, a motivar seus pares com atividades culturais e esotéricas de todas as ordens, promoção de palestras, estudos dirigidos, ações de filantropia, dentre várias outras frentes tradicionalmente realizadas naquele meio.

Não obstante, estava incomodado. Naquela loja, a presença dos obreiros, já há vários anos (desde muito antes de sua gestão, diga-se), não vinha atingindo sequer a metade do número total de seu quadro. Estava encucado e queria descobrir o real motivo de tanto desânimo. Será que teriam desistido do compromisso assumido ao se iniciarem? Teriam sido atraídos e fagocitados pelas tentações da vida profana de antes? Teriam desistido, realmente, de viver o sagrado?

Como sua postura nunca foi de acomodação, traçou estratégias para tentar gerir aquela aparente crise. Afinal era o responsável por manter os sublimes propósitos daquela instituição e, para fazer jus à confiança que lhe depositaram ao ser alçado a ocupar aquele cargo, resolveu dar o primeiro passo. Estava disposto a providenciar uma espécie de "auditoria" na psique dos obreiros de sua oficina, imaginando que, com tal diagnóstico especializado, ficaria mais fácil traçar os rumos de seu proceder terapêutico.

Mas, quem faria esta análise? Não poderia ser alguém de dentro da instituição, na medida em que não teria a necessária equidistância de seus pares de ordem, gerando risco de certa parcialidade ou, no mínimo, de falta de isenção. Pensou mais um pouco e, bingo! Uma auditoria externa seria a solução.

Saiu, portanto, em busca de alguém que fosse especializado na apuração e mapeamento do gradiente de "sagrado *versus* profano" daquele grupo de pessoas. Tarefa nada fácil, convenhamos!

Buscou referências e acabou encaminhado ao instituto de filosofia da universidade local. Conversou com um, assuntou com outro, até que descobriu um professor que atendia perfeitamente suas expectativas. O catedrático, já há décadas, dedicava-se ao estudo da obra clássica e de valor doutrinário indiscutível – "O sagrado e o profano" – de Mircea Eliade.

E, neste contexto, após ouvir atentamente as necessidades do homem que lhe procurou, topou a experiência, de graça, pelo simples prazer da pesquisa ou, quiçá, pela curiosidade sobre os rumos que tomariam tão inusitada situação. Ao que parece, aquele docente também tinha um pouco do "dna" de um destes loucos – altruístas e idealistas – que não estão mais em moda na sociedade de hoje.

Passado algum tempo, o professor, então, voltou com o projeto pronto e explicou seu método ao presidente da oficina. Disse que toda a base da pesquisa estava atrelada ao conceito de "hierofania", que foi cunhado na obra de Mircea Eliade. Hierofania, segundo Eliade, significa "o ato da manifestação do sagrado". E, se pelos propósitos e métodos que lhe foram relatados, aquela instituição buscava incutir, em seus membros, uma clara missão de sacralização da vida profana (realização da hierofania por excelência), sua tarefa seria fazer algo incomum (até então) nas pesquisas acadêmicas: tentar medir o grau de hierofania de um grupo específico.

Para tanto, havia elaborado um questionário – baseado nos pontos e conceitos estruturais da obra citada – que seria aplicado a todos os obreiros da loja. As respostas autorizariam o mapeamento das inclinações – sagradas ou profanas – da consciência e das ações de cada um deles. Com isso, seria possível traçar uma estatística e um diagnóstico, mais palpável e fiel, do perfil de hierofania do grupo como um todo.

Dito e feito. Todos toparam a participação na experiência, após serem superadas as reticências, empecilhos e críticas de um ou outro, que vieram principalmente daqueles menos presentes. Foi um trabalho de formiguinha do professor, feito ao longo de meses, de maneira artesanal e cautelosa. As respostas foram levadas a estudo e diagnóstico, conforme já estava previsto. Pouco tempo depois, o acadêmico reuniu-se com o presidente da oficina para a entrega do resultado prometido.

O pesquisador mostrou novamente a estrutura de sua pesquisa, agora com todos os seus detalhes. A apuração do contraste entre o sagrado e o profano foi dividida em quatro partes, cada qual coincidente com os quatro pontos centrais da obra de Mircea Eliade. A primeira frente buscava a aferição da consciência dos entrevistados sobre "o espaço sagrado e a sacralização do mundo". A segunda testava a noção deles diante do "tempo sagrado e os mitos". A terceira investigava a "sacralidade da natureza e a religião cósmica". Por fim, a quarta servia para constatar a importante ideia de "existência humana e vida santificada". Por questões éticas e de preservação de intimidade, os dados apresentados não traziam identificações pessoais, apenas resultados estatísticos gerais, por itens, critérios e grupos (tudo tratado objetivamente).

O professor adiantou, de largada, que, em todos os quesitos, o nível de "sagrado" não atingiu o índice de 50%. Isso, porém, não poderia representar crítica ou demérito à instituição, à oficina, ou aos seus membros. Reiterou que, tal como lhe foi proposta a pesquisa, o objetivo era o de viabilizar a conscientização sobre uma realidade específica estudada, fundamentada em critérios científicos seríssimos e, também, calcada em doutrina de renome, absolutamente respeitada em relação ao tema. O índice, de qualquer sorte, era coincidente com a preocupação primeira do presidente da loja (correspondia, enfim, à frequência pífia de seus membros às atividades da instituição). Feitos os prolegômenos, desceu aos pormenores sequenciais.

No quesito "espaço sagrado", os obreiros pesquisados não reconhecem o templo da oficina como um centro de orientação ou um local sagrado de reabastecimento de seus elevados propósitos, ou de energias espiritualizadas. Tinham-no, mais como um local de reunião, que concebiam como bem estruturado e ornamentado por formas e adereços que obedeciam uma tradição específica. Tanto assim o era que, vários manifestaram a certeza de que, frequentando ou não o templo, estariam aptos, ainda assim, a cumprir os propósitos a que se comprometeram (afastaram-se, pois, da noção de centro, representado por um espaço sagrado de referência). Foram questionados sobre os rituais ali realizados e, em grande parte, as respostas indicaram uma noção superficial sobre o seu sentido esotérico. Sabemos que os rituais, ao longo da história, ainda mais quando realizados em espaços sagrados, são veículos de hierofania e devem ser vivenciados como experiências cosmogônicas, de reprodução dos propósitos sagrados e do sentido da vida, tal como foi originariamente ditado pelo Criador. Aliás, foi possível perceber, também, que para esta parcela de pesquisados, suas próprias moradias particulares eram consideradas como simples "locais de habitação", com um sentido muito distante de "lar", ou de algo que possa se assemelhar a um centro sagrado de congregação do núcleo familiar. Indagados sobre os símbolos existentes no templo, muitos disseram que "se acostumaram", a um ponto tal que não lhes geram muitas reflexões metafísicas, assim como em suas casas, onde os objetos servem mais para decoração, do que para transmitir qualquer outro sentido ou ideia sacralizada. Enfim, o diagnóstico, neste ponto, foi o de que a falta de consciência sobre a sacralização dos espaços gera, ainda que inconscientemente, uma profanação dos templos e dos lares, o que é terreno fértil para o império do caos (ausência de lógica para os acontecimentos da existência) e do afastamento do cosmos (ou seja, do sentido maior traçado pelo Divino, para tudo e para todos).

No que tange ao "tempo sagrado", a maciça maioria das respostas indicou que as festas, em geral, não eram comemoradas em seu real sentido intrínseco, qual seja, o de recuperação ritualística do tempo sagrado da criação Divina, das histórias clássicas, dos mitos ou das lendas. A passagem de ano, por exemplo, foi tida como uma mera mudança de data no calendário, sem mínima vinculação simbólica com o fim de um ciclo (que precisa, nesta passagem, sepultar e suplantar os vícios profanos de antes), e nem com o esperado renascimento mais sacralizado para a vivência do ciclo seguinte. Nas ocasiões festivas (principalmente as ritualísticas), a ideia de reviver um tempo sagrado passado – ou seja, de reproduzir um paradigma de aprendizado consagrado – perdeu lugar para a euforia das emoções passageiras e para a comemoração material em si. Os rituais são, também aqui, veículos da sacralização do tempo, pois os partícipes envolvem-se na reprodução simbólica de um arquétipo mítico ou Divino, que lhes transmite ensinamentos espiritualizados, redirecionando as consciências à responsabilidade cósmica que nos foi confiada pelo Criador.

No terceiro aspecto – o da "sacralidade da natureza" – foi verificado, igualmente, um grande afastamento da noção de hierofania. Questionados sobre a abóbada celeste e a imagem do universo retratado nos diversos templos (dentro e fora da instituição, inclusive nos templos das diversas religiões), uma parcela significativa de entrevistados enalteceu apenas o aspecto artístico, em detrimento de seu sentido simbólico e sagrado. Mesmo a simbologia da água, usada (como é noção corrente) no batismo e em vários outros rituais e culturas, foi tida como uma tradição dispensável, aos olhos da maioria, o que indica uma indiferença diante do sentido esotérico e sagrado deste elemento da natureza (que deveria ser sugestivo da purificação ou do renascimento para um novo patamar). O mesmo se verificou sobre o dia e a noite, pois, pelo que foi possível perceber, estes são tidos como meros fenômenos naturais, desvinculados de qualquer representação sobre o ciclo de vida, ou de sinal cósmico de renovação que se manifesta, na natureza (e à em nossa frente), com enorme frequência. A admiração dos fenômenos e símbolos da natureza, infelizmente, ficou fortemente restrita à questão estética ou de tradição dispensável. O homem que vive o sagrado – e isso precisa ser incutido na mente e na conduta de vida dos obreiros – sacraliza as manifestações da natureza. Se, por algum motivo, estiver a venerar uma pedra, certamente que o fará não por ser uma pedra, ou por eventual valor comercial que esta lhe possa gerar, mas, sim, pela essência e representação simbólica que o remeterá à reflexão do "sobrenatural" (assim entendido como o que extrapola a mera percepção sensorial e externa da natureza).

No último bloco, sobre a "existência humana e vida santificada", especulamos a consciência, dos obreiros, sobre a dimensão cósmica da vida, em seu sentido sagrado (de cosmos, reitere-se), fixado pelo Criador. Poucos consideram, por exemplo, que seu próprio corpo seria uma representação, em pequena e concentrada escala, de um templo sagrado, ou seja, a imagem espelhada do mundo ideal Divino ("imago mundi"). Não se trata de pregar o culto ao físico, em si. Trata-se, sim, de formar uma consciência do sagrado, dentro de si. A vivência santificada implica na perfeita noção de que somos predestinados à mudança e ao crescimento e, a cada passagem iniciática, subimos um degrau neste propósito de sacralização das nossas vidas. Muitas respostas, de outra parte, consideraram a morte como um evento trágico, associado ao simples fim da vida, ou algo a que se deve temer. Não consideraram a morte como um estágio, ou algo que lhes pudesse gerar qualquer reflexão ou sentido positivo na vida presente (ficaram apagados, para eles, os aspectos, sagrado e cósmico, do fim da vida corpórea).

O professor, em conclusão, disse que a instituição pesquisada era um celeiro sublime e profícuo para a produção potencial de hierofania entre os seus membros. Teve a clara percepção de que se trata de uma ordem que incute em seus obreiros, paulatinamente, todos os critérios, métodos e caminhos para a manifestação do sagrado no tempo, no espaço, na natureza e na própria existência de cada um. Porém, ressalvou que existe uma grande diferença entre o que se pretende ser e o que se é. Alguém, livre e de bons costumes, com todos os predicados para uma vida de hierofania, não começa a viver o sagrado pelo simples fato de ter sido iniciado na ordem, ou mesmo por frequentar suas oficinas. A vivência sagrada deve ser efetiva, pautada na manutenção dos rituais, no entendimento da mensagem simbólica da vida e da natureza, e na efetiva consciência da sacralização de todos os atos de sua existência, dentro e fora dos templos.

Um obreiro que não frequenta a oficina e seu templo, ou que frequenta imaginando que sua missão sagrada estaria restrita àquele curto espaço de tempo, certamente não estará a exercer a hierofania, no seu melhor e real sentido de sacralização da vida. Estará – com o perdão da expressão – fazendo o famoso "nariz de cera", que tem seu papel meramente estético, para conforto pessoal ou conformação social. O problema, por óbvio, é que os narizes de cera não respiram!

Agradeceu a oportunidade. Colocou-se à disposição. Sugeriu que apresentasse a pesquisa e seus resultados a quem se interessasse. Afinal, apenas os próprios obreiros poderiam, a partir da autocrítica sincera, decidir se estariam dispostos a praticar a hierofania (como de fato se comprometeram), ou se permaneceriam conformados e satisfeitos com o papel frio e artificial do dito "nariz de cera".

O QUE NÃO MATA, ENGORDA!

Muita gente não gosta da justiça do trabalho e faz questão de não esconder isso. No mais das vezes é pela síndrome de gato escaldado em água fria (na fase judicial) ou, de forma mais provável, pela incompreensão das reais causas de tais ações (motivações surgidas na fase pré-judicial, no curso ou no término dos contratos, que, se cuidadas, evitariam a maioria das demandas).

É que, por trás das lides trabalhistas em si (horas extras, rescisórias, adicionais salariais, indenização por danos morais e outros que tais), está a chamada lide sociológica, que tem suas raízes na mágoa, na quebra das expectativas e na desilusão que empregado e empregador deixam emergir em certo momento de suas convivências.

Por exemplo, um porteiro sempre foi prestativo e, com sorriso no rosto, ficava até mais tarde para atender às solicitações dos moradores, sem receber as horas extras respectivas. Nunca achou ruim e nem se preocupou em reclamar, até o dia em que o marido da síndica resolveu tirar a televisão da portaria. Pronto! Foi a gota d ágthe para a eclosão de uma indignação sem tamanho, que culminou na procura de um advogado e, naturalmente, o condomínio (nas palavras do queixoso) foi "tacado no pau", com pedidos de "a" até "z", um dos quais (daqueles de menor valor), atrelado à dita supressão da televisão (considerado como um possível ato de perseguição). Na audiência, o agora ex-empregado não cansava de repetir: "Doutor, até minha televisãozinha eles proibiram! Vê se pode!". Enfim, em conversa de martelo, todo assunto é prego. De igual modo, em audiência trabalhista, a conversa dos que se sentem traídos e decepcionados restringe-se à chorar as mágoas. Coitados dos juristas (juízes e advogados) que se esmeram para resolver somente a lide jurídica, sem perceber que o nó górdio, na realidade, está em outro lugar: na origem sociológica do conflito.

Enfim, todos sabem que é difícil discutir, nas ações judiciais triviais, o que é certo e errado, justo ou injusto, bondade ou maldade. Porém, em alguns casos mais "cabeludos", julgar torna-se uma verdadeira missão inglória, digna de ser encenada ao som do filme "Missão Impossível", como trilha sonora de fundo.

Exemplifiquemos, novamente, com uma destas situações emblemáticas. Um empregado estava indignado, já que havia sido dispensado de uma grande rede de *fast-food*. Durante anos, trabalhou com dedicação e sem faltar um dia sequer, fazendo tudo que o gerente pedia (era sempre elogiado pelo superior, a quem tinha como um verdadeiro "parceiro"). Um belo dia, após trabalhar da manhã até a tarde, foi simplesmente dispensado no final do expediente, sem conversa nem explicação. Sentiu-se apunhalado pelas costas. Sua indignação era tamanha, que poderia ser comparada aos inflamados discursos de Marco Túlio Cícero, nas suas "Catilinárias", em reação à conspiração tramada pelo senador da República Romana Lúcius Catilina.

Procurou uma advogada que, zelosa, leu todos os documentos e recibos, fez contas, consultou livros e códigos, até que, ao final da consulta, disse que tudo estava em ordem e que não havia o que reclamar. O rapaz não se deu por vencido e tirou da manga sua última carta: "Doutora, eu não queria falar, mas, não vejo outra saída. Sabe esse gerente que me dispensou? Então, ele me mandava alterar a data de validade dos produtos vencidos. Isso dá danos morais, não dá?"

Pouco tempo depois chegou na empresa uma reclamação trabalhista. Foi um rebuliço interno, reuniões e mais reuniões, estratégias mil. O escritório de advocacia contratado entendeu por bem que "a melhor defesa era o ataque" e, com esta filosofia, contestou a ação (negando a acusação, com veemência) e apresentou reconvenção (pedindo, nos próprios autos, que o acusador fosse condenado a pagar indenização por danos morais, em razão da mácula causada ao bom nome comercial da empresa). Não é preciso dizer que, neste clima, o banzé estava armado.

Na audiência, a situação não foi outra. Em depoimento pessoal, o empregado contou como fazia a fraude, tim-tim por tim-tim, citando, inclusive, o nome de outros funcionários que dela participavam. Questionado por que motivo não se recusava a realizar aquele ato ilícito e se não se sentia arrependido, disse que era só um funcionário e que tinha que cumprir fielmente as ordens superiores. O preposto do empregador, por sua vez, de forma firme e incisiva, negou tudo o que foi dito pela parte contrária. Duas testemunhas, ouvidas a rogo do reclamante, confirmaram a adulteração da validade dos produtos, a mando do gerente. Outras duas, pelo lado da empresa, uma das quais o próprio gerente, negaram a fraude.

Aos olhos do juiz (e de qualquer um que estivesse ali assistindo) estava mais do que óbvio que uma das duplas de testemunhas estava mentindo. Não era possível que, no mesmo ambiente e no mesmo horário, dois afirmassem que viram "a" e, outros dois, jurassem que presenciaram "z". O magistrado, então, fez acareação e colocou as testemunhas contraditórias frente a frente, explicando que a ausência de retratação implicaria na oportuna apuração do crime de falso testemunho. Ninguém arredou o pé.

Foi neste momento que uma das testemunhas do empregado, vendo-se numa sinuca de bico e, com receio de que pudesse passar por desonesto (ou pior, ser processado por falso testemunho), esbravejou em sua defesa: "Olha, não vou passar por desonesto aqui não! Eu tenho no meu celular um vídeo, que fiz num dia de trabalho, onde mostra essa sacanagem toda de alterar a data de validade dos alimentos vencidos. Quer ver, senhor juiz?".

Esse foi o momento das interpelações desesperadas: "pela ordem, excelência!", "protesto!", "a preclusão da prova é flagrante!", "A prova é claramente ilícita!", dentre outros senões jurídicos que, no frigir dos ovos, foram rejeitados pelo Magistrado. A preocupação do julgador, fundamentada perante os presentes, era a de atingir, na maior medida possível, a tão festejada e almejada "verdade real".

O homem exibiu o vídeo e, realmente, era de inequívoco conteúdo repugnante. Todos, ali, praticavam a adulteração da data de validade dos insumos dos lanches e salgados, como se estivessem fazendo a mais sublime e lícita das atividades de trabalho. Estavam tão descontraídos que, num certo ponto, um deles cogitou na hipótese de alguém passar mal consumindo aquilo, ao que o próprio reclamante respondeu, sem titubear: "o que não mata, engorda!" – e todos gargalharam a plenos pulmões.

O arquivo foi exportado, ali mesmo, para os e-mails da secretaria da Vara do Trabalho e dos advogados, para que não se alegasse vício formal na prova digital. O mais surpreendente, contudo, foi que as testemunhas da empresa, reconhecendo-se no vídeo, viram-se obrigados a se retratar e, envergonhados, justificaram que temiam a perda do emprego, caso falassem a verdade.

Até aí, foi só o "pega pra capá" da audiência. Restava ao magistrado a difícil missão de julgar a demanda. A prova, por mais que a empresa ainda usasse do seu "jus esperniandi", mostrava uma inequívoca e grave prática criminosa daquela rede de alimentação, com perniciosos prejuízos sociais. Quantos não teriam ingerido comida estragada? Quantos não teriam passado mal e, inocentes, colocaram a culpa do "intestino solto" na pobre da cerveja? Será que alguém teria suportado mácula maior na sua saúde ou, quem sabe, até, falecido sem desconfiar da causa? Isso, contudo, não seria julgado naquela ação trabalhista, pois não cabe à justiça do trabalho nada além de oficiar aos órgãos de defesa do consumidor, ao Ministério Público, à fiscalização do trabalho, dentre outros, para as providências devidas no âmbito das respectivas competências.

Difícil mesmo era julgar o pedido central da ação. Se, de um de um lado, havia uma grande estrutura da alimentação fraudando normas sanitárias básicas, sem demonstrar o mínimo de respeito à saúde de seus clientes, de outro havia um empregado que era partícipe contumaz deste grande engodo do comércio de alimentos vencidos. Não era justo deixar que este rapaz se beneficiasse da própria torpeza. Afinal, se estivesse empregado ainda, certamente continuaria, por muitos outros anos, a ajudar na sacanagem mantida pela empresa. Apenas porque foi dispensado (e somente por isso!), deixou o uniforme de partícipe do crime, para virar "cagueta" e, então, vestir a carapuça de mais uma vítima de seu ex-empregador.

O juiz releu o depoimento do empregado. De imediato veio à mente a figura histórica de Adolf Eichmann (retratada numa das célebres obras de Hannah Arendt – Eichmann em Jerusalém: um relato sobre a banalidade do mal), que conta a história deste oficial do exército da Alemanha nazista, responsável pela logística de deportação em massa de judeus, para os campos de concentração e de extermínio. Eichmann vivia escondido na Argentina e, lá, foi capturado pela *Mossad* (serviço secreto de Israel). Levado a julgamento em Jerusalém, como um dos grandes responsáveis pelo holocausto (e por mais de uma dezena de crimes de guerra, contra a humanidade e contra o povo judeu), o acusado não se sentia culpado das acusações e, através de clichês e de um dialeto recheado de "oficialês", caracterizava-se como uma espécie de "burocrata eficiente", que só obedecia ordens, ou como uma pequena engrenagem de uma grande máquina, que se não fizesse sua função, seria simplesmente substituída por outra peça qualquer do sistema.

A semelhança entre o caso de Eichmann e o da reclamação trabalhista era impressionante, guardadas as devidas proporções. Eichmann tinha a convicção que era uma pessoa boa e que apenas cumpria ordens, como se fosse possível ignorar sua enorme participação para a "solução final" nazista. O cidadão que adulterava a validade dos alimentos, de sua parte, também se achava apenas um empregado exemplar, merecedor da comenda de funcionário do mês (com foto no quadro da firma e tudo).

Ambos, apesar da capacidade intelectual plena que ostentavam, simplesmente desligaram-se do modo "uso da razão", para cometerem seus crimes com a consciência tranquila, fingindo não saber dos males de suas ações (cegueira deliberada). Afinal, assim procedendo, não se indispuseram com seus superiores e permaneceram de bem com o sistema que os cercava.

A percepção aguçada de Hannah Arendt bem definiu esta situação como "a banalidade do mal". Pessoas normais, que não têm suas raízes ideológicas fincadas na maldade absoluta (pois, não se trata de um mal radical, em seu real sentido etimológico), sujeitam-se à prática de ilícitos por força de conveniências corriqueiras, comportamentos de massa e modismos. Também não são indivíduos que fazem o mal por emoção ou impulso (de forma pontual, em situações extremas, por exemplo). Simplesmente agem de forma fria e distante, com um raciocínio meramente burocrático, sem filtro de consciência e longe de qualquer peneira ética, noção de empatia ou de preocupação com os demais.

O que era para ser uma sentença simples, de apenas um pedido central (danos morais), virou um dilema ético, na cabeça e na pena do magistrado. Pensou bem, por horas. Tinha consciência de que o Tribunal de Jerusalém estava longe da isenção de uma Corte Internacional (aproximava-se, na verdade, de um tribunal de exceção), mas, o fato é que Eichmann foi condenado à morte e acabou enforcado. Foi justo? Difícil responder de fora, sem pensar com o coração dos envolvidos, principalmente do povo que foi vítima do holocausto.

Enfim, depois de quase queimar os miolos, decidiu! Qualquer deferimento de indenização por danos morais serviria de "prêmio" a quem foi partícipe do grande mal que denunciou. O juiz viu, na figura do reclamante do processo que estava em suas mãos, um filhote de Eichmann que vivia nos dias atuais, ou seja, um praticante do mal banal, que tinha convicção de que era apenas mais uma vítima das circunstâncias. A sentença precisava ser pedagógica ao trabalhador, para que este pudesse refletir, talvez pela primeira vez, que o mal feito a tantos não lhe pode ser proveitoso.

Em relação à empresa, não seria uma condenação individual que lhe serviria de punição ou advertência pedagógica. Sua reconvenção, por óbvio, foi indeferida, diante da prova de que a denúncia era (triste e lamentavelmente) verdadeira. A solução era, mesmo com a improcedência dos pedidos do ex-empregado, a comunicação aos diversos órgãos de fiscalização e atuação judicial coletiva.

As repercussões da sentença foram enormes: os gestores responderam criminalmente, o Ministério Público promoveu ação civil pública para reparação de danos coletivos aos consumidores (com pedido de indenização estimado em inúmeros zeros à direita) e a vigilância sanitária fez e aconteceu (tem termos de multas e outras intervenções) em várias de suas unidades. O pior, talvez, tenha sido a viralização, na mídia televisiva e nas redes sociais, do escândalo da "adulteração da validade dos alimentos", que maculou o "bom nome" daquela grande rede, perante seu público consumidor. Enfim, para a empresa, "saiu mais caro o molho que o peixe".

É comum dizer, por aí, que uma decisão judicial nunca consegue agradar as duas partes. Algumas, no entanto, alcançam a façanha de desagradar todo mundo. Se foi justa ou injusta a decisão, isso jamais atingirá um consenso. A esperança, de qualquer sorte, era que a sentença tivesse uma fundamentação razoável e, principalmente, servisse de lição pedagógica aos envolvidos.

Dizem que, na fase recursal, a advogada do empregado chegou a fazer sustentação oral e, da Tribuna, comentou que "a sentença de primeira instância, de tão injusta, surtiu efeitos de um indigesto veneno para os direitos do meu cliente". Os desembargadores mantiveram a decisão de improcedência, em todos os seus termos, inclusive quanto à expedição dos diversos ofícios. Durante seu voto, um deles chegou a comentar, explicitamente, que achava estranha a utilização, da tribuna, da expressão "indigesto veneno", principalmente por quem tinha como filosofia de vida (ao menos para os outros) de que "o que não mata, engorda!".